王端正 著

复旦大学出版社

序
对生命的诠释

王力行

对于无缘习佛的人,"生"和"死"是绝对的两极,"生"是喜悦,"死"是哀伤;"生"是希望,"死"是绝望。看看医院中,产房传出婴儿的第一声啼哭,大家会向家属道声恭喜;病房传来病人的死讯,朋友会安慰家属节哀。

对于深谙佛法的人,"生"和"死"是连续的、循环的,是大自然的法则。因此,生不足喜,死不足忧。

印顺导师一生多病,生病对他是生命的常态,他还自娱:"一点小小因缘,也会死去的。"然而在他的自传《平凡的一生》中,他对生死却有不凡的看法:"于法于人而没有什么用处,生存也未必是可乐的;死亡,如一位不太熟识的朋友,他来了,当然不会欢迎,但是也不用讨厌。"

他更用做生意来比喻生死循环:"一年结束,一年开始","年年如此,并不是结账就完结"。

王端正先生,原是一位杰出的新闻人,他对这个社会有一定敏锐的观察,加上他多年用心习佛,对生命也自有一番体认。这本《生命的承诺》正是他结合二者的优势,对"生"做了深刻而彻悟的诠释。他谈的"生",是包括了生命的法则、生存的意义和生活的价值。不仅如此,他还从个人的"生"推展到社会、国家的"生"。

在《悟道》一文中，他写道，"文学家常常唱吟：不急于投胎的，正急于死亡。生命是一种轮回——诞生然后死亡，死亡然后诞生的轮回。"于是他提醒：如果人能觉悟这个"生即是死、死即是生"的生命法则，就能在生命的旅程中过得自在安详。

生命中的缘起缘灭、变化无常固然重要，作者更关切的，恐怕是人生存应该有什么样的意义，人该过什么样的生活。

在这些关键点上，从他在本书中对《取与舍》、对《天安》、对《未来》、对《承诺》等等的体悟，都能显现出端倪：

——要看一个人的生活品位，就看他对食、衣、住、行、育乐的取舍；要看一个人的道德高低，就看他对仁与不仁、义与不义、廉与不廉、苟与不苟的取舍。

——天安不如国安，国安不如民安，民安不如心安。

——不要做个执著过去的痴人，不要做个坐等未来的愚人；把握能抓住的现在，我们就是智人。

——多愁善感是生命的浪费与精神的消耗，具慈悲与智慧的人都不会在感怀中蹉跎一生。

——小女孩背弟弟，不觉得重，因为她背的是爱，不是重量；爱没有重量，爱不是负担。

可以看得出来，作者将这本书取名为《生命的承诺》，正代表了他视生命为"爱"，为"大爱"，也就是对生命的一种承诺。

（本文作者为台湾远见天下出版股份有限公司发行人、副社长）

自序
石破天惊的一念

王端正

宋朝苏东坡在《超然台记》一文中,有这样一段话:

> 凡物皆有可观,苟有可观,皆有可乐,非必怪奇伟丽者也,餔糟啜醨,皆可以醉;果蔬草木,皆可以饱。推此类也,吾安往而不乐!

仔细咀嚼这段文字,确有豁人耳目、沁人心脾的感觉。人生在世,短短数十年寒暑,其间,"几番风雨几时晴",当中,又有多少顺境与逆境,多少悲苦与欢乐,多少爱恨与情仇。说穿了,看透了,就如禅宗六祖慧能禅师的悟道语:"本来无一物,何处惹尘埃。"

但是,如同佛经中所说的:"心如工画师,能画各种色。"万法唯心造,用什么颜色的心看世界,世界就是什么颜色;用"凡物皆有可观"的心看万物,万物都有它可观之处;用欣赏的心看每个人,每个人都有值得欣赏的地方。苏东坡的哲学成就虽然不如他的文学成就,但《超然台记》中这段发人深省的哲理妙论,确已深得佛家"万法唯心"的个中三昧了。

英国大文豪莎士比亚说:

对于大自然这本奥秘无穷的书,我读不懂。

其实,大自然这本奥秘无穷的书,岂止莎士比亚读不懂,千百年来,多少古圣先贤,多少英雄豪杰,又何曾读懂它。

西方哲学家说:"生活如师,公正而严厉。"确实,从经验法则的现实面来看,生活确是帮助我们读懂大自然这本大书的良师益友。有一首德国诗歌说:

一个没有含泪啃过面包的人,一个没有在悲痛的夜晚哭泣过的人,是不懂得上苍之伟大的。

在生活中,我们有太多的汗水与泪水,也有不少的笑声与哭声,因此,没有经过生活严厉考验的人,一定不会懂得大自然的伟大;没有经过人生苦难淬炼的人,一定不会体会上苍的慈悲。要读懂大自然这本奥秘无穷的书,就必须先学会生活,学会一种了无遗憾的生活。

要在生活中过得了无遗憾,人生至少应蕴涵四个重要因素,我称它为四个L的人生哲学,那就是:生命(life)、学习(learn)、爱(love)与欢笑(laughter)。

生命,就像一颗种子,我们应该珍惜每一颗生命的种子,因为千百个生命都从一粒生。

学习,是成长的过程,成长是一项艰巨的工程,它不仅需要适当时间的酝酿与足够空间的宽容,还要通过酷暑的煎熬与霜雪的检验,没有酷暑与寒霜,就看不出生命的坚韧与拔萃。

爱,像是姹紫嫣红的花朵,给生命带来耀眼与亮丽,没有爱的生命就像槁木死灰,毫无生气可言,生命之所以能引人入胜,完全是因为它的内涵里,含有至性的情与至真的爱。

而笑就像花朵所绽放出来的芳香,没有芳香的花朵,再亮丽也索然。生命的芳香就表现在欢笑上,有欢笑的地方就有生命的光芒。

人是非常独特的动物,他的独特不仅是因为他有生命,更因为他能学习,有情有爱,有欢笑。而学习、爱与欢笑都在每一个人的一念之间。这刹那间的一念,是石破天惊的一念,这无声无息的一念,是足以改变整个生命的一念,就如同十九世纪美国哲学家威廉·詹姆斯所说的:

> 本世纪最伟大的发现是:人类可以经由态度的改变,而改变整个生命。

詹姆斯讲得一点都没错,如果我们想的都是快乐的念头,我们就能快乐;如果我们想的都是悲伤的事情,我们就会悲伤;如果我们想的都是可怕的情况,我们就会恐惧;如果我们想的都是仇恨与不平,我们就会愤世与嫉俗。

这个世界是色彩缤纷的,尽管难免有些苦难,但都不足以掩盖生命的可贵。这本《生命的承诺》是个人的所见、所闻、所思与所感,其中有短文,也有长篇;有轻松的话题,也有严肃的论述。我常想,生命有无限的潜能,人生有无限的可能,每个人都应对无限潜能的生命有所承诺,对无限可能的人生有所期许,学习、爱与欢笑,就算是对生命的承诺吧!有这样的承诺,或许人生才会更为芬芳与耀眼。

目 录

序　对生命的诠释　王力行 / 1
自序　石破天惊的一念　王端正 / 3

随缘随笔

好玩 / 2
随心而转 / 3
真理 / 4
无言 / 5
常调官 / 6
不如归 / 7
相剑 / 8
不知纵横 / 9
关怀与力量 / 10
真理与胜利 / 11
行善 / 12
进化 / 13
敌人 / 14

英雄豪杰 / 15

哲人 / 16

权重者 / 18

神主牌 / 19

不怕活 / 20

吊诡 / 21

生命法则 / 22

取与舍 / 23

百姓岂能得罪 / 24

斗争 / 26

政治 / 27

非攻 / 28

以仁止暴 / 30

世间男女 / 32

尊重生命 / 34

荒谬的祷告 / 36

生命何义 / 38

政治舞台 / 40

不取 / 42
强弓 / 44
牛山对话 / 46
祈雨莫如恤民 / 48
文豪看人类 / 50
是祸非福 / 52
预言 / 54
心外无物 / 56
流行 / 58
我思 / 60

思维自在

无我 / 64
生死 / 65
悟道 / 66
未来 / 67
贴近自然 / 68

慈悲与同情 / 70
生死自在 / 72
费曼 V.S. 从谂禅师 / 74
芥子纳须弥 / 76
错乱因果 / 78
启示 / 80
大道透长安 / 82

喜乐慈济

跨世纪的慈济希望工程 / 84
向慈济志工致敬 / 88
让"大爱"在家里回荡 / 91
见证大爱，信仰慈悲 / 93
对生命的承诺 / 95
以大爱为宝 / 97
师徒奇缘 / 99
慈济人的情与义 / 103

目 录

耕者有其田 / 105
智慧高下的公式 / 107
悲喜人生 / 113
生命融入生命的悸动 / 116
目睹九二一大地震有感 / 119

人生笔记

当生命遇上生命 / 124
安息在大自然的运行中 / 130
共享天地无尽藏 / 132
李爷爷和他的故乡 / 138
罢官 / 142
护身符 / 145
傲慢 / 149
道情 / 151
繁星默然静立 / 153
蚕的启示 / 155

男女共和 / 157

享受不幸 / 159

穿梭时空，典藏人生 / 161

神奇的生日礼盒 / 163

笑傲人生 / 165

愉悦的秘密 / 167

红楼梦醒 / 169

大爱行纪

苏克素护河的呜咽——辽宁省新宾县勘灾记闻 / 174

千古兴亡忆永陵 / 186

凤阙龙宫在盛京——沈阳故宫见闻记 / 194

落霞与孤鹜齐飞——记登临滕王阁 / 204

疏林碎石溪曲折——清原满族自治县勘灾纪实 / 215

随缘随笔

我们降生的这个世界,野蛮而残酷,但同时也是美丽而非凡。

到底无意义的与有意义的,哪一方面多一点?答案其实会随心而转。

——荣格

好 玩

美国知名物理学家戴森（Freeman Dyson），曾在他的家书中，这样赞叹美国另一位杰出的物理学家费曼（Richard P. Feynman）：

> 他时发妙想，通常是为了好玩，而不是为了有用，而且总是一篇妙论还没有发表完，又有了新的奇想。

费曼是美国物理学界的奇才，桀骜不拘，但思绪敏锐，敢发人所不敢发的奇想，是戴森眼中的"稀有品种"。说费曼是"稀有品种"，应该是接近事实，因为"他发妙想，通常是为了好玩，而不是为了有用"。

"好玩"是兴趣，"有用"是功利。科学研究一旦落入功利，就不好玩；能超脱功利才会好玩。好玩，没有得失心，纯粹是乐趣；功利，患得患失，纯粹是压力。费曼玩世不恭，就是为了好玩；他一生成就，也是为了好玩，如果为了有用而发妙想，就不是费曼了！

随心而转

法国科学家席夫（Hubert Reeves）在《喜悦时光》一书中说：

> 动物的演化，可以说是杀戮与自卫两种艺术的精致化。每一次出现攻击上的进化，都会刺激防卫上的改良；反之防卫上的改良，会刺激攻击上的进化。

难道这真的是优胜劣败的自然法则？真的是冤冤相报的宇宙定律？

果真如此，那么这个世界未免太荒谬了。与其要我们相信这是个荒谬的世界，不如让我们相信这个"相信"是荒谬的。

诚如瑞士心理学家荣格（Carl Gustar Jung）总结了对生命意义的研究结果所说的：

> 我们降生的这个世界，野蛮而残酷，但同时也是美丽而非凡。到底无意义的与有意义的，哪一方面多一点？答案其实会随心而转。

一切唯心造，转一个念头，换一个想法，"冤冤相报"的宇宙幻象，何尝不能立即转换为"恩恩相报"的美善循环。

真　理

　　以反犹太人著称的德国纳粹党，于一九二〇年代全力发动反爱因斯坦运动，并在德国出版一本叫做《反对爱因斯坦的一百个科学家》的书。当朋友告诉爱因斯坦这个消息时，爱因斯坦淡淡地一笑说：

　　　　假如我是错的，那么一个科学家反对我就够了。

　　爱因斯坦的自信，从这句话中表露无遗，而这句话确实也反映了一个千真万确的真理。

　　真理不是靠民主多数表决的方式表决得来；更不是靠群众运动，用示威咆哮的方式争到。

　　如果不是真理，只要一个人反对也就够了，何必劳师动众，靠那些凡夫俗子摇旗呐喊呢？尽管众口可以铄金，但绝对撼动不了真理，如果真理可以被众口撼动，它就不再是真理了。

无 言

十七世纪法国哲学家巴斯卡（Blaise Pasca）曾经写道：

无边苍穹的永恒无言，令我心寒。

三百年后的今天，面对众星点点，广袤无边的宇宙，还是有千年一瞬，人生如寄的感叹。仍然要重复斯言："无边苍穹的永恒无言，令我心寒。"

可是，谁说苍穹无言？其声如雷！苍穹的无声之声，犹如响彻大千的无说之说，它遍满虚空，无处不在，端看我们能不能敬畏，能不能体悟罢了。

用眼睛"听"，或许玄之又玄，但确能听出苍穹如雷的声响；用耳朵"看"，或许神之又神，但确能看出宇宙无言的图像。因此，"无边苍穹的永恒无言"，虽然令人心寒，但绝对不会让人寂寞悲怆。

常调官

"先天下之忧而忧,后天下之乐而乐"的宋朝名臣范仲淹说:

> 常调官好做,家常饭好吃。

《鹤林玉露》作者罗大经引申这句话说:

> 人能甘于吃家常饭,然后甘于做常调官。

我则认为:

> 常调官虽然好做,但做好常调官颇难;家常饭虽然好吃,但吃好家常饭不易。

诸葛亮常以"澹泊明志"自勉。唯其生活澹泊,才能保持高操志节。这话虽然老生常谈,却也曲高和寡,又有多少人能说到做到?把"常调官好做,家常饭好吃"改为"做好常调官,吃好家常饭",不知各大小官员意下如何?

不如归

十六世纪英国人文主义作家阿谢姆,在他的打油诗中,嘲讽当时女王宫廷中的丑行说:

> 女王宫廷中需要四种基本"美德":
> 欺骗、撒谎、拍马,外加一副厚脸皮。
> 这可是赢得宫廷恩宠的四条妙计,
> 你若不是任何一条的奴隶,
> 离开吧,好比尔!
> 回家去吧,约翰·切斯!

诗中反映了十六世纪英国宫廷的道德水准,也说明了诗人的无奈心情,这种心情,就像是我国古代陶渊明大叹"不如归去"的心情一样。

四五百年后的今天,以"欺骗、撒谎、拍马,外加一副厚脸皮"而获得恩宠的人,仍然充斥整个社会,《官场现形记》的精彩情节,不断重复上演,就是不知道现代的陶渊明与阿谢姆,是不是还大有人在?

相　剑

　　一位鉴定刀剑的专家说:"白色,表示剑是坚硬的;黄色,表示剑是柔韧的;黄白相杂,表示剑既坚硬又柔韧,应该是一把好剑。"

　　另一位反驳说:"不对,白色表示剑不柔韧;黄色,表示剑不坚硬;黄白相杂,表示剑既不柔韧又不坚硬。而且柔韧就会卷刃,坚硬就会易断,剑既易断,又会卷刃,怎么能算是好剑呢?"

这就是公说公有理,婆说婆有理的典型。同样一把剑,在不同的人的眼中,有人认为是好剑,有人认为不是好剑,这都是人为预设立场,诡辩议论造成的。

辨别是非、判断对错、认定好坏,不能仅凭诡辩。臆测或议论,必须透过严格的检验与精确的测试。专业就是通过无数次的验证累积起来的智慧,逞口舌之能,凭聪明狡辩,何益于真相或真理的追寻?

强烈的自尊会令人盲目,牢固的预存立场会令人愚蠢。国事如麻,万民望治,希望朝野政治人物,放下令人盲目的自尊,摆脱令人愚蠢的预存立场,或许可以走出令人忧心的政治迷航。

不知纵横

《五代史》记载,汉王章很不喜欢文士,他常常对人说:

此辈与一把算子,未知颠倒,何益于国。

意思是说:这些读书人,给他一个算盘,不仅不会使用,而且哪边朝上,哪边朝下都不知道,他们对国家又有什么帮助。

后来写《资治通鉴》的司马光把这段话,换成另一种语气说:

授之握算,不知纵横。

意思是说:给读书人一把算盘,他都不知道应该是横的用,还是纵的用。不论说"与一把算子,未知颠倒",或是说"授之握算,不知纵横",总之,就是在嘲讽书生的百无一用。

不能学以致用的读书人,就是"读死书";不能通权达变的知识分子,就是"死读书"。汉王章所看不起的文士,大概就是这一类的文人吧!

关怀与力量

俄国作家屠格涅夫（Ivan Sergeyevitch Turgeniev）有一次出门散步，碰到一个穷人向他乞讨，他摸了摸口袋，然后很诚恳地抱歉说："很对不起，兄弟，真对不起，我没有带吃的，钱包也放在家里……"

不等屠格涅夫说完，穷人突然拉住屠格涅夫的手说："太谢谢你了！"

屠格涅夫奇怪地问："你谢我什么？我并没有给你任何东西啊！"

穷人说："你已经给我太多了，我本来想要点东西吃了，就去自杀，没想到你称我为兄弟，并且还跟我说对不起，让我感觉人间还是充满温暖，也给了我活下去的勇气，你给我的，实在太多了，真谢谢你！"

一句关怀的话，可以给人活下去的勇气；一份诚恳的爱，可以给人无限的希望；爱与关怀的力量实在太大了，我们何必吝于表达对人的关怀与对万物的爱呢？

真理与胜利

一对夫妻为一些琐事吵得很厉害,几乎到了要动拳脚的地步了。我问他们的邻居:"他们怎么不坐下来,好好沟通,讲讲道理呢?这样吵下去,不是办法啊!"

邻居说:"他们何尝没有先理论一番,只是公说公有理,婆说婆有理,彼此没有交集,所以又吵了起来。"

我说:"难道世上没有一个大家都能接受的真理吗?真理永远会胜利的啊!"

"可是,在我的经验里,胜利的才是真理!"邻居无奈地说。

我默然了,"胜利的才是真理!"这句话,一直在我耳际回响。

究竟"胜利的,才是真理"这句话是真理呢,还是"真理永远会胜利"这句话,才是真理?我糊涂了。

在理性的认知上,我们宁愿相信"真理永远会胜利"。

但在现实的社会里,我们又不得不相信"胜利的,才是真理"。

难道理性和现实,真有那么大的落差吗?我不断思考着,最后我顿悟了,或许郑板桥的"难得糊涂"的处世哲学才是真理!

行　善

非洲圣哲史怀哲（Albert Schweitzer）医师，在他的自传中，用他的体验写下这样一段激励人心的话：

> 决心行善的人，不该希望别人替他挪开绊脚石，即使别人再为他多加几块上去，他也必须处之泰然。内心因经历种种阻碍而得到静化与强化所产生的力量，才能克服困难。

史怀哲把他毕生的生命，奉献给非洲丛林里的黑人，他的体力与生命，在挫折与阻碍中，一点一滴地遭到磨损，但他智慧的火炬与生命的光芒却日益炽热与灿然。

> 佛教徒说："菩萨道，难行能行。"
> 基督教徒说："宁愿烧尽，不愿锈坏。"
> 慈济人说："不为自己求安乐，但愿众生得离苦。"
> 都是决心行善的写照。

决心行善的人，绝对不会在意任何的挫折，也不会错过任何的机会。证严法师说："行善行孝不能等！"就是这个意思。一错过了行善的机会，就错过了良善的因缘；一丧失了行善的念头，就丧失了整个生命的价值。史怀哲医师不仅是良医的典型，也是行善的典型，他的话实在值得大家惕励与反省。

进 化

存在主义哲学家尼采（Friderich Wilhelm Nietzsche）认为：

  物种不会朝完美进化，因为弱者占大多数，他们会打败强者。

  我们同意尼采是位西方伟大的哲学家，但不同意这位伟大哲学家所说的每句话的真实性。
  因为，能够在整体中占大多数的，即是强者；能打败强者的，绝非弱者。所以物种还是会朝进化的方向前进，但进化并不就是完美，完美的事物从来没有存在。
  地球不断运转，天体不停运行，四季不断推移，事物不断生灭。茫茫宇宙，无言也无语，只是物换与星移，新陈与代谢；滚滚红尘，无强也无弱，只是日出与日落，生住与异灭。人的一生，如梦幻泡影，如电光石火，又何必说强说弱，论美论丑？
  强弱无定论，美丑无标准。存在着的，就是强者；死去了的，也非弱者。人世间，任何的存在，自有道理，都具有非凡的意义。
  所以天意虽然难测，但绝非荒谬；生命虽然短暂，但绝无高低。觉悟到每一个人只不过是沧海中的一粟；了解了每个人的一生，只不过是时间洪流的一刹那，哪有必要再去争长论短，说强道弱呢？

敌　人

美国博物学家威尔森（Edward O.Wilson）累积了研究各种生物的经验后，有所感地指出：

> 才华出众的敌人，使我受益不浅。他们令我受苦，但是我却亏欠他们一份大大的人情债，因为他们令我精力倍增，而且还驱策我踏上新方向。在我们的创造生涯中，很需要这类人物。

从自然生存的法则看，威尔森的观点千真万确；从国家存亡兴衰的循环看，这个观点仍然颠扑不破。中国古代贤哲不也说过："无敌国外患者，国恒亡"的话吗？

记得有一位英国哲学家暨经济学家也曾这样说过：

> 当旷野中没有敌人时，老师和弟子都会昏睡在岗哨上。

因此，与其说可怕的对手是我们生存的最大威胁，不如说可敬的对手，是我们保持斗志的最强驱策力。

鸟在逆风中飞行，人在压力下长大。没有适当的大气压力，我们就无法生存；没有相当的竞争推力，我们就无法进步；才华出众的敌人，是我们可敬的对手。不应有恨，我们应向可敬的对手致敬，因为他们会让我们更清醒，更兢兢业业，更如履薄冰。

英雄豪杰

郑板桥在一帧"兰花"横幅的画作中题词说：

> 叶长花则少，叶短花则多；
> 万事有余不足，英雄豪杰如何！

这是对大自然法则的描述，也是对人世间有余与不足的无奈。苏东坡观看月亮的盈亏，有感人生的无常，故有"人有悲欢离合，月有阴晴圆缺，此事古难全"的感叹。

郑板桥从兰花的花叶间，看出了"叶长花则少，叶短花则多"的植物生态，悟出了"万事有余不足"的人生常态，所以才会画龙点睛地发出"英雄豪杰如何"的慨叹。

既然万事有余不足，英雄豪杰又岂能例外。所谓"有所得者，必有所失；有所失者，必有所得"。赢得了"英雄豪杰"的美名，必然牺牲了"逍遥自在"的人生。

"红颜薄命""英雄寂寞""高处不胜寒""英才多天嫉"，总觉凄凉。但人间留些不足，把遗憾返诸天地，安不足，惜有余，处处任运自在，觉悟"知足常乐，守缺惜福"的真谛，管它有余不足，管它英雄豪杰！

哲　人

孔子在河边，望着奔流不息的河水，有感而发地说：

> 逝者如斯，不舍昼夜。

临水叹息凭河惆怅的哲人画像令人悸动。

庄子丧妻，击盆而歌，不悲反乐，并说：

> 方生方死，方死方生。

话虽然令人费解，但也发人深省，不失哲人本色。

孟子生当乱世，面对众说纷纭，犹不免喟然叹曰：

> 予岂好辩哉，予不得已也。

他并为他的理想人生表明心迹，做出总结并铿锵有力地说：

> 富贵不能淫，贫贱不能移，威武不能屈。

那种莫之能御的"浩然正气"跃然纸上，典型在夙昔的哲人形象已鲜活在每个人的脑海中。

吊 诡

一位住在克里特岛的居民警告路人说:"所有克里特人都是说谎者。"

如果你是路人,请问你究竟应该相信这项警告呢,还是不应该去相信这项警告?这位设置警告路牌的克里特人究竟说的是真话呢,还是谎话呢?

如果这位克里特岛人是在说谎话,那么路牌上所写的必定是假的,也就是说并不是所有克里特人都是说谎者。

但是如果他说的是真话,那么他就是个说谎者,因为他是克里特岛人,"所有克里特人都是说谎者。"说谎者所说的话又怎能相信呢?

这是一种语意上的吊诡,让我们陷入了说实话与说谎话之间的矛盾,形成一种判断上的混沌状态。

日常生活中,我们也常遭遇到这种思维上的混沌,而陷入自我"指涉诡论"的矛盾之中。

另外一种类似的诡论,也常在我们的意识中兴风作浪。例如在一张白纸的两面都写着:"反面的叙述是假的。"如果我们相信这句话是真的,那么两面的叙述必定是假的,既然是假的,我们就不能把它的话当真。结果还是让人真假难分,陷入彷徨与不安。

在充满"指涉诡论"的多元化社会里,言论自由已被奉若神明,现代人想走出这充满"指涉诡论"的迷雾,除了不断增长自我的智慧与判断能力外,只好在步步危机的符号陷阱中自求多福了。

生命法则

乐生恶死是人之常情。但乐生不一定能永生，恶死也不一定能不死。"生死有命，富贵在天"，这是中国人的天命观，在调适一个人的生死过程中，这种天命观确实发挥了神机妙用。

有这么一则故事——

一位非常富有的波斯人，在花园散步，他的仆人慌慌张张地跑到他的面前说："我刚刚和死神照过面，请您将那匹跑得最快的马借给我，好让我能够尽快逃到德黑兰去，避过死神这一关。"

为了挽救仆人一命，主人同意了。于是仆人跳上骏马，快马加鞭，没命地往德黑兰逃去。事后主人转身回家，却不意撞见了死神，于是他质问死神说："你为什么要这样吓唬我的仆人呢？"

死神回答说："我没有吓他，我只是很讶异，他居然还在这里，因为我受命今天晚上要在德黑兰和他会面，并把他带走。"

主人听后大吃一惊，心想仆人如果不连夜逃往德黑兰，不就能够逃过死亡这一关吗？万物有生必有死，没有任何方法可以从死神手中逃脱，即使明知死神已在背后。

有人把天地万物生灭过程总结起来说："不急于投胎的，正急于死亡。"诞生，然后死亡；死亡，然后诞生。这就是生命法则，也是大自然生生不息的秘密。掌握到这个秘密，在生命旅程中就能生死自在，动静皆泯了。

取与舍

"取舍"是学问，在取舍间，我们可以判断一个人的人格、品位、学养与道德。

其实，"取舍"就是生活的全部，任何人没有一刻不是在取舍之间过日子，没有一刻不是在"取"与"舍"间作选择。

早上起来，我们择取先刷牙而放弃先读书，择取先运动而放弃先吃饭，择取先走到客厅而放弃先走到书房……时间稍纵即逝，每个人在每个刹那间只容许做一件事，我们必须不断做出取舍。

或许有人会说："那我可以像傻瓜一样呆坐着，不做任何取舍。"其实，"不做任何取舍"，就已经做了取舍。

取舍不仅是生活的全部，更确切地说，也是生命价值与人品高低的全部。

要看一个人的生活品位，就看他对食衣住行育乐各种细项的取与舍。

要看一个人的道德高低，就看他对仁与不仁、义与不义、廉与不廉、苟与不苟、暴与不暴等各种细微言行的取与舍。

在取与舍之间，往往牵动一个人的价值观与人生观。而价值观与人生观又左右了刹那间取与舍的抉择。价值观与人生观是内隐的，固然不易看出；但取舍是外显的，表现在言行举止间，不难明察。想要判读一个人隐于内的价值观与人生观，明察他显于外、刹那间的取与舍总没错。

百姓岂能得罪

齐景公到麦丘这个地方巡游，问那里的一位耆宿老者说："你多大岁数了？"

老人回答："今年八十五岁了。"

景公说："你很高寿啊！请你为我祝福。"

老人说："祝福您高寿无疆，这对国家有益。"

景公高兴地说："说得好，请你再祝福一次。"

老人又说："祝福您的子孙后代，都能像我这样长寿。"

景公又愉悦地说："好啊！请你再祝福一次。"

老人说："祝福您不得罪百姓。"

景公听后不满地说："只有无知的百姓得罪君主，哪有君主得罪百姓的道理？"

晏子在旁听到了，立即向景公劝谏说："您错了，那些远亲的人犯了罪，有近亲的人来处治；贱民犯了罪，有尊贵的人来处治；君主得罪了百姓，谁来处治呢？"

晏子继续说："我大胆地请问大王，像夏桀、商纣那样的君王，是靠君王惩罚呢，还是靠百姓惩罚呢？"

景公点点头说："我错了。"

于是把麦丘这个地方赏给老人做食邑。

俗话说："民意如流水"，水可载舟，也可覆舟。政治人物总喜欢说："民之所欲，常在我心。"但何者是民之所欲，何者是己之所欲？能厘清就是智慧。许多人常把"己之所欲"当作"民之所欲"，错把"己意"当"民意"，把一时的"得意"当"天意"，这就是夏桀、商纣、希特勒、墨索里尼覆亡的原因吧。

斗　争

　　一位子夏的门徒造访墨子,并对墨子"兼爱非攻"的主张提出质疑:"你真地认为君子应无所斗,无所争吗?"

　　墨子说:"是的,君子不应该有斗争。"

　　"猪狗都尚且有冲突斗争,人哪里不会有斗争?"子夏门徒不以为然地说。

　　墨子听了感叹地回应说:"可悲啊!你们这群读书人,平常开口仁义,闭口道德,言必尧舜,论必圣贤,但行为的准则却要向猪狗看齐,要跟禽兽一样,你们实在可悲啊!"

这是《墨经》中的一则故事,对部分满口仁义道德,逢人便说"内圣外王",而行事类似飞禽走兽的读书人来说,确是极尽嘲讽之能事。

其实,可悲的何止是这位向墨子诘难的子夏门徒。普天之下,言必尧舜、行同禽兽的人,何处不有?

兼爱与非攻是一种崇高的人道升华,儒家一向标榜仁义道德,而子夏的门徒却认为斗争杀戮是人类彼此相处的必然法则,他的理由居然是:"猪狗尚且有斗争,何况是人?"这样的推论,实在是身为儒生的悲哀,也是某些自命为知识分子的悲哀!

这种把人性贬低到比兽性更低等级的论调,不仅强烈主张"人道主义"的墨子要加以嘲讽,就是稍微对人性有所认识的人,也要加以谴责。

政　治

《哲学的故事》一书的作者威尔·杜兰特（Will Durant）说：

政治如同恋爱，不能将自己和盘托出。

他又说：

一个人应当时时有所赐予，但任何时候都不应该一泻而尽。令人望眼欲穿，才能令人感激涕零。

自古以来，政治都讲权谋，它的目的是占有，它的本质像恋爱。在爱人的面前，不能暴露太多自己的真实意图和缺点，也不能毫无保留地倾泻自己的爱恨和情仇，否则一旦反目，最亲密的爱人，会变成最可怕的对手，今天"情同父子"，明天"恨如深仇"。

让我们再回味一次："政治如同恋爱，不能将自己和盘托出。"将自己和盘托出了，无异是把用来"尔虞我诈"的底牌亮出了，又岂能让人莫测高深？不能让人莫测高深，又岂能让人奉若神明！

非 攻

司马喜当着中山国君王的面前,就"非攻"的主张,诘责墨家学派的门徒说:"您所主张的是'非攻'吧!"

墨者回答说:"是的。"

司马喜说:"那假如国王发兵攻打燕国,您就会反对和责备国王吧?"显然,他有意挑拨离间,让中山国君王对墨者产生不良印象,同时也要让墨者陷入进退两难,产生难堪的窘境。

但墨者不为所动,机敏地反问说:"这样说来,相国您是主张战争的啰?所以才赞成君王攻打燕国?"

"是的。"司马喜说。

墨者接着说:"既然您赞成战争,那么假如强大的赵国发动战争攻打中山国,相国您也赞成啰?"

司马喜一时语塞了。因为中山国在当时不是最强的国家,中山国既然可以把"以强凌弱"视为当然,那么比它更强的赵国也可以把"以大欺小"视为应该,这样天下哪里有和平的一天,人民哪里有心安的一日?

天地间,看似充满以强凌弱、以大欺小、以众暴寡的现象,于是有人说这是优胜劣败、弱肉强食的自然法则。其实自然法则应该是和谐与共生,互助与共存。弱肉强食不是自然法则的常态,生命得之不易,生存各有因缘,强凌弱,众暴寡,充其量只是自然法则的逆流与变态。

墨家主张兼爱非攻,就是要在人类社会里找回和谐共存的自然常态。兼爱就是大自然的常态,怨恨是大自然的变态;能兼爱必然主张非攻,心存怨恨必然赞成战争。敬人者,人恒敬之;暴人者,人恒暴之。墨家学派的人生境界,主张暴力强权的司马喜又岂能了解!

以仁止暴

西方人说:"以牙还牙,以眼还眼。"

东方人则说:"以暴止暴,以战止战。"

尽管东西文化在本质上有所差异,但"你施我以刀剑,我报之以枪炮"的报复心态,没有两样。这种报复的心态,无关乎文明与野蛮,也无关乎聪明与愚笨,只关乎人的一念之间。

自古以来,人类一直没有停止过仇恨与暴力,斗争与杀戮;但也没有停止过互爱与感恩,互助与关怀。

可惜,仇恨与暴力、斗争与杀戮是外显的,互爱与感恩、互助与关怀是内敛的。

外显的行为较易让人感受到威力,内敛的情怀较难让人体会到影响。因此不论古今中外,每个朝代都有"人心不古,世风日下"的感叹。

事实上,人的恻隐之心与慈爱之情,并未曾有过片刻的失落,人与人之间的情感联系,也并未曾有过丝毫的松动。

为结束所有战争而发动的战争,到头来不仅不能结束战争,反而是为下一次的战争播下更多、更新的种子。这就是仇恨与杀戮的恶性循环。

所以,人类不想和平则已,要想和平,没有其他的办法,和平是唯一的办法;不想消弭仇恨则已,要想消除仇恨,没有别的途径,大爱是唯一的途径。

人类经过数万年的淬炼后,必须从历史教训中学会反思与觉醒,一旦走入以牙还牙、以暴止暴的死胡同,人类的报复心态就会愈陷愈深。

　　天穹广袤无际，时间无始无终，万物绚丽多元，生命丰富灿烂，人类应该敞开心灵，在灵魂的深处用心找寻生命的内涵与意义。

　　以牙还牙、以暴止暴都不是生命的意义，至少，生命的意义绝对不会是杀机重重的暴戾之气，生命的意义应该是代代相承、灯灯相续、相互依存、共同繁荣的祥和之气。

世间男女

> 一位迟迟未婚的小姐每次来看医生,都说她头很痛。医师建议她找个男人嫁了。过了一年,医师偶然遇见这位小姐,问她说:"喂!怎么样了,你出嫁了吗?"
> "谢谢!出嫁了。"
> "头还痛吗?"医师又问。
> "不痛了,可是我丈夫的头开始痛了。"

这则笑话,或许可以道破男女婚前婚后各自的心理状态:女人在婚前头痛,男人在婚后头痛。

又有一则故事,也可以让世间男女再三玩味:

> 丈夫对妻子说:"为什么上帝把女人造得那么美丽,却又把她们造得那么愚蠢呢?"
> 妻子回答说:"这个道理很简单,把我们造得美丽,你们才会爱我们;把我们造得愚蠢,我们才会爱你们。"

男人受不了美丽的诱惑,而女人又缺乏智慧的抉择,这可能就是婚姻亮起红灯的原因吧!

千百年来,不论古今中外,男人与女人的战争不断在发生。

先听一位妇女的心声:

> 病房里,护士提醒一名妇女说:"太太,请你说话轻一点,

你的先生需要安静。"

  妇女回答说:"没关系,小姐,多少年了,我说的话,他一句也听不进去。"

再听一下男人的观点。

  医师说:"消除多余脂肪的唯一方法便是运动,尽量运动。"
  一位男士回答说:"胡说!我太太整天说个不停,可是她的下巴却一直是两层。"

  男人嫌女人啰唆,女人埋怨男人不听话,似乎古今皆然。于是,一场又一场男人与女人战争的戏码,在各个不同的时代、各个不同的地方不断重复上演。
  而在上演的一出出悲喜剧中,每个人都是旁观者,也都是剧中人,尽管身份不同,立场有别,感受不一,但如果每个人多用一点幽默感,少用一点猜忌心去看待世间男女的情与爱,则每一出男人与女人的战争戏码,都是一出出笑声与泪水编织而成的欢喜冤家式喜剧。即使不是幕幕充满笑声的大型爆笑剧,也应该是一出出带点苦涩的温馨小喜剧。

尊重生命

有"非洲圣哲"之称的史怀哲说:

> 人类意识最直接的事实是:我是被有生存意志的生命所环绕的有生存意志的生命。当人在默想自己以及周遭世界的每一瞬间,他便感觉到自己是被许多"生存意志"所环绕的一个"生存意志"。

这似乎就是笛卡儿(Rene Descartes)"我思故我在"的命题,因为这个存在是有思想意志的,所以才能体认到生命的存在。从这个观点看,生命绝对不仅仅是一些物质器官的组合,而是还要包含生存意志和思想活动的灵魂秘密。

史怀哲又说:

> 在自己的"生存意志"中,存在着想延续生命的强烈愿望,也存在着对"生存意志"之神秘的喜悦之情;但另一方面也存在着对毁灭的恐惧,以及对"生存意志"之神秘的折损。

"生存意志"的秘密是神圣的,是应该被尊重的,因为人本身就是有"生存意志"的生命,而环绕我们四周的,不论是动物或植物,也和我们一样,都是有"生存意志"的生命。

所以史怀哲才语重心长地说:

只有当一个人对一切需要帮助的生命都能尽力予以帮助，才是合乎伦理。

　　这就是"尊重生命"的理论基础。然而令人遗憾的是：这个世界处处显示给我们的，却是"生存意志"可怕的自我分裂，一个"生存"竟然要牺牲另一个"生存"才能生存，这实在是人世间的惨剧。怎样才能让这类的惨剧不再重演或减少重演，或许就是人类迈向文明时，必须思考的重要课题了。

荒谬的祷告

春秋战国时代,鲁国的朝政由季孙绍和孟伯常两位大臣把持。他们为了争权、争宠,彼此互相猜忌,相互斗争,形同水火,使得鲁国的政风日渐败坏,社会动荡不安,人民也怨声载道。

两人都知道这样下去,对国家,对社会,对人民,对自己都没有好处,于是都想握手言和,同心协力,为鲁国的明天而努力。可是碍于面子,谁也不肯先低头,谁也不肯先让步妥协,但两人对于言和的意愿又那么殷切,所以一前一后,分别悄悄地到郊外的神祠里,向神祇祷告说:"请神灵保佑我们两人和好如初吧!"

墨子听了这件事后,觉得非常可笑。他说:"这两人的行为,就像紧闭着眼睛,却向神明祷告'请保佑我看得见'一样荒谬。"

墨子的评论一针见血,说得一点都没错,季孙绍和孟伯常两人对于因争权失和以致演变成相互猜忌,导致朝纲大乱、国力减退、社会风气大坏、老百姓直接或间接受苦的情形,都心知肚明。

同时他们也知道,不论为国家利益计,或为人民福祉想,唯有两人通力合作,鲁国政局才能安定,人民才能安心,国家才有可为。所以私底下二人都希望彼此言归于好,但却又都不愿意先行示弱。

因为他们都有这样的心意与心结,才会一前一后分别前往神祠,向神倾诉心声,祈求神明保佑他们言归于好。

以他们两个人的情况看，和好之事，求神不如求己。两人都不肯打破心理障碍，放下自己身段，开诚布公，直接沟通，却宁愿跑去祈求神明，这种逃避的心态，真的就像墨子说的"自己紧闭眼睛不肯张开，却要神明保佑他们看得见"一样可笑。人与人之间的和与不和，干神底事！这种人与人之间互信互谅的事，不求诸己，反求诸神，确实荒谬。

　　在光怪陆离的社会里，荒谬事情何其多！试看我们的社会，上至领导阶层，下至贩夫走卒，有多少类似的事情正在发生？有多少只要任何一方先放下身段，就有转机的事情，只因"碍于面子"，双方都不肯让步，使得事态愈演愈烈，斗争愈演愈严重，终于两败俱伤。墨子的讽喻之言，能不警惕？

生命何义

俄国大文豪托尔斯泰（Leo Tolstoy）有感于科学说：

> 我沉湎在知识光明的一面时，才发现我只是把视线从疑问上移开了。不管展现在我面前的地平线有多么空旷，也不管沉湎在知识的无限领域里有多么迷人，我醒悟了，这些科学愈清楚，我就愈不需要它们，因为它们愈没有解答我的疑惑。

托尔斯泰对自己说：

> 科学坚持要认识的一切，我都通晓，但是，生命的意义这个问题没有答案。

对于托尔斯泰的疑惑，我们颇有同感。科学把肢解得支离破碎的万物展现在我们的眼前，即使它能证明万物只是由一大堆表象覆盖着的谎言，但它并没有说出不是谎言的真话。

我们相信，生命绝对不是荒谬的，生存绝对是有意义的，科学能肢解万物的表象，但不能捕捉生命与存在的真相。仔细想想，科学除了能层层剥落万物的表层外，又能告诉我们多少万物的内在真谛呢？

所以，托尔斯泰毫不留情地说：

> 人是"人的世界"里的国王，科学是用来服侍国王的，不

是用来左右国王的。

但遗憾的是：在现今的"人的世界"里，科学已经开始"垂帘听政"了，人类过分依赖科学的结果，科学已经很轻易地"挟天子以号令诸侯"了。用来服侍人类的科学，现在俨然以国王自居，人类反过来要服侍这位篡位的冒牌国王了。

如果我们问科学："什么是生命的意义？"

科学的答复可能是："生命没有意义，生命只是一堆物质的组合。"

如果我们再问："生命的未来如何？"

科学的答复可能是："一无所有。"

如果我们不服气地质疑说："那么，存在的万物为何存在？"

科学也可能会毫不迟疑地说："因为它们存在。"

宇宙万物真的只是为存在而存在吗？生命的存在，难道真的没有意义吗？科学能肢解万物，但不能解释整体万物的意义。科学对生命的解释可以是"粒子和粒子的互相联系和变化"，或者是："某种偶然凝聚的血球，血球的扰动就是生命。"

但是我们需要的不是分解了的生命，我们需要完整的、活生生的、能思想的、有感情的、会思考"生命意义"的生命。因为，被肢解的生命，已经不再是生命了。

政治舞台

证严法师说:"政治是少数人的舞台,影响的却是天下苍生。"一语道破了政治的重要性与政治人物的任重性。

孔子也曾经说过:"君子之德风,小人之德草,草上之风必偃。"

这就是上行下效的道理,也是知识分子对社会风气深具影响力的说明。高居庙堂之上的政坛领导人与自喻为代表社会良心的知识分子,对自己的一言一行能不审慎?

在尔虞我诈的政坛上,正与邪本来就难分难辨,而当"政治是一种高明的骗术"这样的言论一出,政治的本来面目就更让人扑朔迷离。

近代中国文学大家钱钟书在谈论"革命文学"与"遵命文学"时,曾有这样一段精辟的言论:

> 研究文学史的人都知道,在一个"抒写性灵"的文学运动里面,往往所抒写的性灵,成为单一的模型。进一步说,文学革命之所以要"革"人家的命,就是因为人家不肯"遵"命;革命尚未成功,仍须继续革命,等到革命成功了,便要人家遵命。这不仅文学上为然,一切社会上、政治上的革命亦何独不然。

所以钱钟书说:"革命在事实上的成功,就是革命在理论上的失败。"

我们不能不佩服钱钟书洞彻世事的眼光,证之古今中外历史,检视天下英雄豪杰，哪一位不都是先不遵人家的命，然后进行革命；等到把人家的命革掉了，反过来便要人家遵自己的命。

这就是政治的历史循环，老百姓永远是政治人物"攻城略地"的马前卒与升官晋爵的手中筹码。可笑的是，"坐轿的笑哈哈，抬轿的苦哈哈"，笑声歇了，抬轿累了，另一波坐轿抬轿的戏码又上演了。

要破解这样的政治迷思，必须先要全民认清政治的本质，也要政治人物认清本身的责任。狂热的政治情绪，是民主政治的负数，冷静理智的思考，才是民主政治进步的正数。

政治不应是骗术，政治应该是"正"而治之，政治人物应先"诚正"而后领导别人，不能"诚而正之"，哪里能够"理而治之"？

我们的社会需要诚正的政治家，不需要喜欢搞权谋的野心家，因为野心家多了，政治就会变质了。

不　取

春秋战国时代，宋国有一位农夫，耕地时，挖到一块玉石，他想把这块玉石当作礼物，送给相国子罕。

子罕面对这项贵重的礼物，坚决不肯接受，而农夫却再三请求说："这是我仅有的最贵重的宝物，恳请相国收下吧！"

子罕说："你把玉石当作宝物，而我把不接受别人的馈赠当作宝物。请你把宝物带回去，让你拥有你的宝物，也让我拥有我的宝物。"

宋国的乡亲听了这件事，赞叹地说："子罕不是没有宝物，只是他的宝物与别人不同啊！"

在芸芸众生中，有人把金银财宝视为宝，有人把名位权力视为宝，有人把娇妻美眷视为宝，有人把庄园城堡视为宝，有人把不伎不求视为宝，有人把行善积德视为宝。究竟何者才是真正的宝，就要视每一个人的人生观和价值观而定，视每一个人的智慧和涵养而定了。

急功近利似乎是一般人的通病，这是因为一般人的成熟度不够，未能洞彻人生，觉悟生存何义的缘故。

例如，置黄金与米团于懵懂无知的稚儿面前，稚儿宁舍黄金而取米团，因为他们不知黄金的可贵。又如把和氏璧和黄金，置于村夫村妇面前，村夫村妇一定择取黄金，宁舍和氏璧，因为他们不识和氏璧的连城价值。

再如把和氏璧和真理，摆在圣贤与一般人的面前，一般人必会择取和氏璧，而藐视真理的珍贵，只有觉者、圣者、贤者、智者才会选择那至高无上的真理。

人世间，有人以积财为宝，有人以积德为宝；有人以攫取为宝，有人以不取为宝；有人以名利为宝，有人以淡泊为宝；有人以营私为宝，有人以布施为宝；有人以利己为宝，有人以利他为宝。但不管如何，圣洁的灵魂与无瑕的人格才是宝中之宝。

子罕在两千多年前以不取为宝，在上下交征利的乱世中，诚属不易，应受再三礼赞。但不知两千多年后的今天，一言可兴邦，一言可丧邦的衮衮诸公，以何为宝？

强　弓

　　齐宣王喜欢射箭，总认为他是全齐国最伟大的弓箭手，能拉动九石重的强弓，能射出贯穿巨石的劲箭。
　　为了讨好齐宣王，让他对自己能拉强弓这件事信以为真，群臣都谄媚奉承，没有一个人敢说出真话，也没有一个人敢指出事实真相。所以当齐宣王把他所拉的弓交给左右大臣，让他们试拉时，大臣们都表现出很吃力的样子，假装拉到一半，就拉不动了，故作气馁地把弓箭放下，然后对齐宣王说："这弓太重了，至少有九石那么重，除了大王，恐怕没有人能拉动它了。"齐宣王听了当然很高兴，也很得意，更相信自己是全国第一的强弓手。

其实齐宣王所拉的弓，只不过三石，但大家为了满足齐宣王自认能拉强弓的虚荣，都骗他至少有九石，而齐宣王也乐得不求真相，甘愿接受左右佞臣的蒙蔽，得意洋洋，陶醉在自己能拉九石强弓的虚幻里。
　　九石只不过是一种虚构，三石才是事实。或许我们认为齐宣王愚昧可欺，可是愚昧可欺的何尝只有齐宣王？在日常生活中，在待人处世里，愚昧可欺的又何尝不是我们自己？每一个人都"喜闻人之恶，恶闻己之恶"，听到有人赞美，就如沐春风；听到有人批评，就面若寒霜；谁又敢说我们从来没有因"名"而失"实"过呢？
　　齐宣王的不自量力，对照群臣的谄媚阿谀，这就是齐国衰亡的原因。齐宣王之所以没有自知之明，是群臣欺上瞒下的结果；而群臣欺上瞒下的丑行所以能够得逞，也是齐宣王昏昧自大，没有自知之明所致。

　　君臣之间的互动，既是互为因果，也是相互影响。一个国家到了君不君，臣不臣，父不父，子不子，而又没有一位敢说敢劝的谏臣时，国家要想不颓也难了。

牛山对话

齐景公登上牛山，山顶上草木苍翠，野鸟飞鸣，蔚蓝天空，白云朵朵，极目远眺，都城历历，念江山多娇，感人生无常，景公忽然激动地说："为什么要离开这壮丽的都城而死呢？如果能够不死，永保这锦绣江山，该有多好。"

说到感伤处，眼泪不禁簌簌而下。

随侍在两旁的大臣艾孔和梁丘据，都一起跟着齐景公落泪，只有晏子在一旁发笑。

景公一边擦眼泪，一边望着晏子说：

"今天我触景生情，感慨良多，心情很不好，玩得很不起劲。艾孔和梁丘据都陪我流泪，唯独你在发笑，你这是什么意思？"

晏子回答："假如贤明的君王能永远守住王位，那么像太公、桓公这样的明君就能长守君位了吗？如果勇敢的君王能永远拥有江山，那么像灵公、庄公不就能永远保有江山吗？如果这些君王都能够长守君位，永保江山，您又怎能成为国君呢？"

晏子继续说："正因为一代传一代，新君登基了，衰老了，退位了，另一新君又登基了，又衰老了，又退位了，这样新旧交替，代代相传，才传到了您。而您却偏偏为此流泪，这哪能算是既仁慈又有智慧的君王呢？看到一个不仁不智的君王，又看到两个谄媚的臣子，这就是我独自窃笑的原因了。"

永生的梦想，权力的欲望，如虚幻泡影，这是齐景公所以感慨掉泪的根源。历代君王有这种感慨的不少，一般平民百姓有这种期望的也很多。叹人生苦短，感良辰不再，都是人之常情，无可厚非。但有智慧的人，应该体悟人生无常的真谛，尽其在我，把握短暂的一生，而不是在喟叹里蹉跎岁月，空过一生，这就是晏子要提醒景公的地方。

多愁善感是生命的浪费与精神的消耗，具有慈悲与智慧的人都不会在感怀中蹉跎其一生，他们会把刹那化为永恒，也会把永恒当作刹那。

刹那是时间性，永恒是价值性；如何用有限的时间，创造无穷的价值，这是生命的意义所在吧！

祈雨莫如恤民

齐国一连好几个月没有下雨，大地非常干旱，土地都龟裂了，农民无法耕种，大家都忧心忡忡。

齐景公召集群臣谋求对策说："天已经好久没下雨了，百姓已露出饥馑受灾的神色。我昨天请人占卜，说是灾祸出自高山大河。我想稍微征收一些赋税，用来祭祀灵山，可以吗？"

在座的大臣，没人回答。晏子进谏说："不行！祭祀高山没有用处。"他解释说："高山本来就是以土石为体，以草木为发冠，久旱不雨，它的头发就要枯焦了，土石本身也将发热了，难道它不渴望下雨吗？祭它又有什么用处呢？"

景公又问："那么我想祭祀大河如何？"

晏子回答说："也不行，那大河把水当作它的国家，把鱼鳖当作它的臣民，久旱不雨，河水不断下降，就要干涸了，千百条支流即将枯竭了，它的国家就要亡了，它的臣民也将全部死去，难道它不渴望下雨吗？祭它有什么用呢？"

景公着急地说："那么现在旱情这样严重，该怎么办呢？"

晏子说："如果你能离开王宫，到田间野外与农民百姓同苦难，和高山大河共忧患，也许就能迎来降雨！"

于是景公走出宫殿，露宿于郊外。三天之后，果然天降甘霖，百姓都得到了播种的好时机，高山大河又恢复了盎然的生机。

景公感慨地说："好啊！晏子所说的话能不生效吗？因为他具有善德呀！"

晏子的善德是什么？就是慈悲与智慧啊！

因为具慈悲，所以能劝景公与高山大河同忧患，与平民百姓共苦乐。

因为有智慧，所以能让景公不犯愚行，能让君王走出宫殿。

山河大地有忧患，不能做好生态保护，就是它的忧患。平民百姓有苦难，不能让他们安居乐业，就是他们的苦难。民意如流水，民欲如大山，不问苍生问鬼神，当政者能不戒惕？

文豪看人类

英国大文豪莎士比亚（William Shakespeare）在《哈姆雷特》中，对人作了这样的描述：

> 人是何等了不起的杰作！多么高贵的理性！多么无限的潜力！多么优美的仪表！多么文雅的举止！在行动中多么像一位天使，在智慧上多么像一位神明。他是宇宙的精英，万物的灵长。然而，在我看来，这样一个尘土塑成的生命，又算得了什么！

这位英国最伟大的诗人莎士比亚先把人类歌功颂德了一番，然后又把人类贬损了一顿，让人觉得"人"是那样无比的重，又那样无比的轻。

事实上，莎士比亚所歌颂的是人性与人文，所贬损的是物性与兽性。从物性看，人就像尘土一样，来自大自然，又回归大自然，跟一般物质没有两样。而人之所以高贵，是因为有理性，有潜力，有温文尔雅的仪表与举止，这些归纳起来，就是有情有义的人文与人性。拿掉有情有义的人文与人性，人类剩下的就是物性与兽性，这和其他动物就没有不同，那人类又算得了什么呢？

孟子说："人之所以异于禽兽者几希。"这"几希"的差别，就在于仁与不仁、义与不义之区别了。仁与义表现在大爱与感恩上，开阔的大爱，就是仁，无尽的感恩就是义，这就是人之所以异于禽兽的那个"几希"的地方吧！

不仅人来自大自然，又回归大自然，天地万物没有哪一样不是来自大自然，又回归大自然。就这点看，人与其他天下万物岂有两样？

宋代文豪苏东坡说："以道观之，物无贵贱；以人观之，自贵而相贱。"意思是说：从生灭的自然法则看，人和天下万物没有什么不同，都是有生有灭，都是时间的过客，都是世界的旅人，没有贵与贱的分别。

可是人类偏偏不承认这一点，偏偏要以"大人类主义"的观点，一厢情愿地认为：人类是"万物之灵"，是"宇宙精英"，是"最文雅高贵的生命"，这种"自贵而相贱"的心态，养成了人类的"霸权"思想。人类一旦有霸权思想，就会有"君临天下"的傲慢，视整个地球为殖民地，踩躏所有大地万物，主宰一切蠢动含灵。

像这样的生物，又岂能算是高贵的生命，又岂能说是万物之灵的人类？如果不能以苏东坡的"以道观之，物无贵贱；以人观之，自贵而相残"这句话时常反躬自省，那么真的就要像莎士比亚所说的："这样一个尘土塑成的生命，又算得了什么！"

是祸非福

春秋战国时代,魏武侯当中山君,有一天问李克说:"吴国之所以灭亡的原因是什么?"

李克回答说:"是因为屡战屡胜。"

武侯很讶异地说:"屡战屡胜,应该是国家的福分,为什么偏偏是国家灭亡的原因?"

李克说:"屡次作战,百姓就愈来愈疲惫;而屡次胜利,君主就愈来愈自大傲慢。愈来愈自大傲慢的君主,役使愈来愈疲惫不堪的百姓,这样的国家不灭亡才怪呢!"

证诸中外历史,任何一位政权领导人,一开始总是信誓旦旦,用戒惧谨慎的态度,领导着国家,统治着人民,惟恐政权会在轻忽中被人夺走。等到政权稳固了,权势扩大了,就会愈来愈骄傲,愈来愈自大,一步一步走向刚愎自用的腐化道路。

所以平民百姓最怕好大喜功的国家领导人,最怕有英雄崇拜倾向的国家领袖,因为这种类型的领导人,为了满足一己的英雄主义,常会鼓舞人民好战的风气,甚至不惜发动战争,满足自己的英雄欲望。等到在战场上屡战屡胜了,他就会一天比一天更自大,一次比一次更放纵,一年比一年更骄傲与狂妄。

狂妄放纵就会用尽所有可用之物。而作战频繁,百姓就会一次比一次疲惫,一次比一次怨恨,巧诈之心就会层出不穷。

领导人用尽可用之物,百姓用尽巧诈之心,这样的民族,这样的社会,这样的国家,能不土崩瓦解吗?

历史告诉我们，穷兵黩武的国家，表面看起来军容壮盛，威震八方，一副不可一世的样子，而且发动起战争来，确实也盛气凌人，势如破竹，那种节节进逼、攻城略地的剽悍，取人城池有如探囊取物。可是这种对外暴力相向，对内残民以逞，除了满足领导人的英雄欲望，牺牲人民的生命与幸福之外，对国家福祉又有什么好处？对人类文明有何贡献？

　　喜欢发动战争的人，在战争初期，总会陶醉在捷报频传的美梦中，直到国库渐罄，民力渐疲，壮丁战死日众，破碎家庭日增，人民怨声渐起，才会意识到战争的果实是苦涩而非甜美的事实。

　　如果要问："大梦谁先觉？"我们的回答是："大梦民先觉。"因为老百姓最能深刻感受到战争的残酷，也最能意识到战争的悲哀。可惜领导人总是陶醉在胜利的荣耀里，总是自认"天下英雄舍我其谁？""力拔山兮气盖世"的项羽如此，面对刘备大谈"天下英雄，唯君与操耳"的曹操亦复如此。

　　"古来征战几人回？"兵者，不祥之物，屡战屡胜，即是衰败的开始，谁敢说李克的话没有道理呢？

预　言

有人问爱因斯坦："第三次世界大战会发生什么事？"

爱因斯坦说："我没有办法预言第三次世界大战的情况，但我可以预测第四次世界大战的事。"

那个人很讶异地说："如果您没有办法说出关于第三次世界大战的情况，又怎么能说出第四次世界大战的事呢？"

爱因斯坦说："关于第四次世界大战，有一件事是可以确定的，那就是一定不会有第四次世界大战，因为没有人能够活过第三次世界大战。"

爱因斯坦是二十世纪最伟大的科学家，他在物理学上的成就，至今仍然没有人可以超越。对于他的成就，他自己也相当自豪。他曾经说：

> 牛顿先生，很抱歉，推翻了你的理论，不过你的成就是你那个时代，一个人的智力和创造力所能达到的巅峰。

牛顿是人类科学史上的巨人，他的物理学理论，至今仍然引导着现代人的物理思维。爱因斯坦敢于说出这样的话，自有其超越牛顿的成功之处。

爱因斯坦对人类的前途一向乐观，但他最担心的是人类辛辛苦苦发展出来的科学，会被野心的政治家所误用。他对政治丝毫不感兴趣，但政治曾经带给他不少困扰，因此他斩钉截铁地说：

> 对我而言，搞方程式比搞政治重要，因为政治是短暂的，方程式才是永恒的。

他虽不是十分热衷宗教，但却非常肯定宗教的重要。他说：

> 没有宗教的科学是不完美的，没有科学的宗教是盲目的。

科学的发展，可以让人类在物质生活上更接近天堂，但野心家一旦对人类辛苦发展出来的科学加以误用，科学也可以将人类的命运打入地狱。

人类会因恨而误用科学，也会因爱而善用科学。如果人与人之间的爱与关怀，不能和科学的发展与日俱长；如果人类的科学发展，永远遥遥领先于人与人之间的慈悲与爱，那么爱因斯坦的预言，恐怕就要不幸而言中了。

事实上，现代的科学发展趋势，不就是朝这个方向，一步步地向前推进吗？物理学、化学、光学等的发展，促成了尖端杀人利器的推陈出新；生物学、基因科学的日新月异，加速了人性与人伦的彻底泯灭与瓦解，人类似乎不必等到第三次世界大战，就可自我歼灭了。

等到复制人、复制羊、复制牛……一切动植物都可复制了，人类社会就可能只剩下两种族群了：一是自然人，一是复制人。而等到复制人压倒自然人，等到冒牌货驱逐了"正港"货，人类不就步入了绝境吗？想想，科学如果没有以爱、以人性作为核心，那么它的杀伤力就要超过爱因斯坦的预言了。了解问题严重性的人，都会相信这应该不是危言耸听。

心外无物

明代大哲学家王阳明到南镇这个地方登山览胜,他的朋友忽然遥指峭壁悬崖的一株花说:"你说天下无心外之物,但像这株花,在深山中自长自枯,自开自落,这跟我们的心有什么相干呢?"

王阳明回答说:"当你还没有来到这里看见这株花之前,这株花和你的心同归于寂灭;而当你来到这里,看到它时,这株花的形状与颜色一时鲜明了起来,这就足以证明,这花不在你的心外了。"

这是王阳明与他的好朋友在游山玩水之际,触景生情的一段问答,表面看起来像是寻常生活的一个小插曲,其实,其中蕴涵着一个极为严肃的哲学思辨问题。

王阳明的心学,讲求的是"唯心"。从一般的常识判断,他强调的"无心外之物",似乎有违"客观存在"的事实。但话说回来,没有能知、能思、能感的心,"客观存在"的事实,又由谁来认定?宇宙之大,时间之长,有多少事物的"不存在",都是因为我们的"不知道"? 这和笛卡儿所说的"我思故我在",似有异曲同工之妙。这样的感知就连二十世纪最伟大的物理学家爱因斯坦,也曾有所感地问为他写传记的作家说:"当真,当我看月亮的时候,月亮才存在吗?"

宋代理学大家邵康节曾说:

> 夫古今在天地间犹旦暮也。以今观今，则谓之今矣；以后观今，则谓之古矣；以今观古，谓之古矣；以古观今，则古亦谓之今矣。是知古亦未必为古，今亦未必为今，皆自我而观之也。

邵康节说这段话的意思是：天地无古今，之所以有古今的分别，都由"自我而观之也"。换言之，能观之我，赋万物以意义；不能观之我，则天地万物同归于寂，在一个空寂的世界里，"有"与"无"，"内"与"外"，都失去了意义。这可能就是王阳明心学的思想源头吧！

心、物二元，主观、客观，永远是科学家与哲学家争论不休的课题，只要各拥其"心"，各是其是，争论就永远不休，问题就永远难解，这又是物在心中的另一佐证吧。

夜阑人静，繁星灿烂，我心如镜，照见群星，不知群星见我亦应如是吗？我们不禁要问：天地间果真"心外无物"乎？抑或"物外无心"乎？一时也让人糊涂了。群星有知，亦应笑我这善感的情怀吧！

流　行

是人类在追赶流行，还是流行在追赶人类？一时之间确也让人迷惑了。

有人问：何以流行文化总是大行其道？

其实，不大行其道的，岂能算是流行？换句话说，凡是流行的，必然是大行其道。这样说来，流行文化充斥大街小巷，又是天经地义的事了。

只是，究竟是人类创造了流行，还是流行改造了人类？一时也说不清了。

英国流行艺术工作者理查·汉弥尔顿（Richard Hamilton）曾经为流行文化下了这样的定义：流行——拥有大量的消费群或喜好者，瞬间即逝，唾手可得，成本低廉，大量生产，且主要以年轻人为诉求对象，诙谐而带慧黠，撩拨欲望，玩弄花招而显得俏皮、浮夸，并足以带来大笔生意……

这是把流行视为一种商品而说的。无疑地，流行与流行商品是密不可分的孪生兄弟，总是焦不离孟，孟不离焦。譬如凯蒂猫、皮卡丘……确实拥有大量的消费群与喜好者，而消费群与喜好者对这种流行商品的迷恋，也确实风起云涌，但也可能瞬眼烟消云散。

话虽如此，我们也不禁要问，是谁创造了流行，而流行又怎样成功地袭击了人类？

古今中外，任何时代，任何社会，任何族群，都有属于自己的流行文化，环肥燕瘦，嫣红姹紫，难分轩轾，各凭喜好。

"燕瘦"是汉代社会的审美主流，于是"楚腰纤细掌中轻"成为当时美女的流行文化，所以赵飞燕的纤瘦，能赢得汉成帝的宠爱。

而唐朝审美的流行文化是"丰腴圆润，雍容华贵"，于是"侍儿扶起娇无力"的杨贵妃，就能获得唐明皇的喜欢。

现在"环肥"的"唐风"似乎式微了，"燕瘦"的"汉风"又再度吹起了，塑身文化的流行，让妇女们订下了"衣带渐宽终不悔，为伊消得人憔悴"的誓约，千方百计，不惜代价，终日追求塑身致美。

所谓塑身，顾名思义，就是雕塑自己的身材，这是惑人的巧语，也是广告的花招，说穿了，塑身者，瘦身也，讲白一点就是减肥啦！现在的仕女们往往想用瘦下一圈的肉，来宣誓自己确已赶上了这波的流行。

我们无意追究谁主导了流行文化；我们却要追问，哪些人会轻易地被流行文化所摆布，所主导？是天真无邪，"胡来胡现，汉来汉现"的纯真学童，还是"少年不识愁滋味"的热情男女？是忙忙碌碌，"浮生长恨欢娱少"的中年族群，还是白发苍苍，"依旧红尘满眼"的银发老人？但不管如何，如果你已被流行文化主导了，我们要恭喜你，因为你已经及时赶上了流行的列车了；如果你没被流行文化击中，我们更要祝贺你，因为你用坚持战胜了流行。

流行和潮流似同却异，流行可能如梦幻泡影，瞬目即逝；潮流则是时势所趋，波波相续，莫之能御。严格区别流行与潮流的差异，才能在流行文化的席卷中，保持着自己的特立独行，也才能在众人皆睡我独醒中，永保不受俗牵的坚持。

我 思

笛卡儿说:"世界上任何事情都可以怀疑,唯独有一件事情不能怀疑,那就是:我正在怀疑的本身不能怀疑。"这是笛卡儿"我思故我在"这句名言的思维逻辑。

其实这项思维逻辑很简单,那就是:如果我们否认了能思的我,那谁来肯定所思之事的存在?如果我们否认了能疑的我,那又有谁来对世上的一切事物进行怀疑?

或许有人会批判笛卡儿是位不可救药的唯心主义者。站在唯物主义者的立场,他们当然会振振有词地说:"存在是客观的事实,不管有没有人思维、认知或怀疑,它总是存在的。"

这话固然不错,可是如果没有一个能思、能疑的我,谁又能"见证"与"觉悟"到客观事实的存在?茫茫宇宙,如果没有能思、能疑、能觉的心灵,谁又知道宇宙浩瀚如许?而这浩瀚如许的宇宙,又具何义?

古今中外哲学家对"心物二元"的争论一直喋喋不休。这些哲学家都可以引经据典,侃侃而谈,甚至成一家之言,被后世奉为圭臬而顶礼膜拜。有人说:"真理愈辩愈明。"其实"真理"从来没有模糊过,而迷糊的,只是能思能解的心而已。

我们固然不甚同意叔本华所说的"世界是意志的表象"这种极端自我的论调,但我们也不得不承认:世界如果有意义,万物如果有价值,生命如果有希望,不都是我们能思、能疑、能觉的心灵所赋予的吗?

台湾俗谚说:"一种米养百样人。"意思是说:人有千差万别,不因食同而同，这样的千差万别来自千差万别的心灵，也由于有千差万别的心灵，这个世界才会色彩缤纷，才会多元耀目，也才会有仁者见仁、智者见智的乐趣。所以"异中求同"固然值得赞许，"同中存异"也不应受贬抑。毕竟心灵的世界幽暗深邃，谁又能有效控制或充分了解？

"我思故我在"这句笛卡儿的名言，或许我们可以把它诠释为：人的存在之所以有价值，是因为他有高度的思维，也正因为有了这种高度的心灵思维活动，才能确知与觉醒自己的存在，也才能肯定自己存在的价值与意义。

但"我思故我在"的论题，还必须建立在"我疑故我思"的前提上。能够对宇宙万物的各种现象进行怀疑，才会启动探索的动力，才会触动心灵思维的机关。

而"我思故我觉"，"觉"是"思"的进一步发展，探索真相，觉悟真理是人生孜孜以求的目标。对于觉的领悟，有人百思不得其"觉"，有人先知先觉，有人后知后觉，有人不知不觉。尽管觉悟有先后，悟道有深浅，但不思就不能觉，不觉就不能悟，这似乎是不变的常态秩序。佛教是讲求觉悟的宗教，释迦牟尼佛也是经过多年的苦思冥想，亲参实证后才悟道。所以禅宗才会有"大疑大觉、小疑小觉、不疑不觉"的话头。能把这话头参透，保你开悟有望！

思维自在

有人问惟宽禅师:"道在何处?"
惟宽禅师说:"就在眼前。"

无 我

> 有人问惟宽禅师:"道在何处?"
> 惟宽禅师说:"就在眼前。"
> "那我为什么看不见?"
> "因为你有'我'在,所以看不见。"
> "我有'我'在,所以看不见,那和尚你能够看见吗?"
> "有你、有我,辗转不见。"
> "那无我无你,还看得见吗?"
> 禅师说:"无你无我,谁要求见呢!"

在这则禅宗公案里,惟宽禅师所谈论的"道",指的就是真理。用现代人的话来说,就是"自然法则"。

"自然法则"是无所不在的,所以历代禅师常常会说"道"在树梢,"道"在瓦砾,"道"在黄花翠竹。但要是刻意去求,"道"就不见了,不是真的不见,而是被"我"所蒙蔽、扭曲、模糊掉了。

换句话说,"道"尚自然,最怕加工,一经"头脑加工",就会变形、变质,就已经不是原来的"道"了。而且加工过程愈精细、愈复杂、愈多层,"道"就愈扭曲,愈变质,愈远离"道"的原始纯真本质。这就是禅师为什么说"你有'我'在,所以看不见"的道理。

"我执"是追求真理的最大障碍,"头脑加工"是远离真道的根本原因,但试问天下又有多少人能跳脱"我执"的牢笼,突破"自我"设限的藩篱呢?

生　死

有一位禅师这样说：

> 生命的每一刻，都是最后的片刻，所以每一首诗篇，都是死亡的诗篇。

"刹那生灭"是佛教思想的重点。开始与结束，出生与死亡，片刻没有停息过，分秒都在进行着。

就如艾略特（T.S.Eliot）在他的诗作《四个四重奏》中所说的：

> 每一个片语和语句，
> 都是一个开始与结束；
> 每一首诗，都是一篇墓志铭。

因为每一个片语都是一个念头的结束与开始；每一个句子都是当下经验的完成与下个思想及句子开端前的酝酿。一念三千，三千一念，念念生灭，刹那生死，认清了生灭的本来面目，生死大关又哪里不能勘破！

前一秒钟的你已经死了，下一秒钟的你再度重生，生命的每一刻都是结束的一刻，也是开始的一刻。能洒脱地放弃结束的一刻，才能自在地掌握开始的一刻。"要学会获得，必先学会放弃。"这句话自有它的道理。

悟　道

文学家这样吟唱着：

不急于投胎的，正急于死亡。

仔细想想整个宇宙的生命历程，不都是这样吗？生命是一种轮回，意识也是一种轮回——诞生然后死亡，死亡然后诞生的轮回。

生理躯体的死亡是一种过程，心理思绪的念念生灭也是一种过程。通过了解心理念念生灭的过程，可以帮助我们觉悟生理生死轮回的必然。因为旧有的自我死了，新的自我就出现了。

禅师说："不大死一番，哪能大活现成。"所以印度人称它为"解脱"，佛教徒称它为"涅槃"，伊斯兰教徒称它为"归真"，禅宗称它为"悟道"。

"悟道"也就是觉悟了生灭轮回的自然之道，了解了这个自然之道，就会了解"生即是死，死即是生"的道理，也才会了解宇宙因缘相续，万物生生不息的奥秘。

未 来

痴人执著过去，愚人期望未来，智人把握现在。因为，过去是现在的逝去，未来是现在的延续，所以现在即一切，一切即现在。执著过去，就是放弃现在；跳脱现在，就难拥有未来。

"过去"，已和我们渐行渐远，要拉回它，我们无能为力；"未来"，虽然和我们渐行渐近，但不能把握现在，我们仍然会和它擦身而过。

古希腊哲学家伊壁鸠鲁（Epicurus）说：

> 我们必须记住，未来既不是整个是我们的，也不是整个不是我们的。因此，我们既不要期待它，仿佛它就要来临似的；也不要放弃它，好像它确实就不再来了。

伊壁鸠鲁说得一点都没错，"未来"，不必然整个是我们的，如果我们不紧紧地抓住刹那变易的现在，那么我们必错失整个未来。

但"未来"也不必然整个不是我们的，只要我们能够把握分分秒秒的现在，那么，点点滴滴的未来，我们都不会错过。

不要做个执著过去的痴人，也不要做个坐等未来的愚人，把握能抓住的现在，我们就是智人，就不再是"深入宝山，空手而回"的凡人。

贴近自然

一位事业有成的中年人问禅师:"我现在有钱,有权,要什么,就有什么,但我内心里头,总是有一种失落感,总觉得还缺少了些什么,这是什么原因呢?"

禅师说:"你内心是不是很寂寞、很惶恐、很不快乐?"

中年人说:"是的,禅师。"

禅师说:"你欠缺的就是爱,就是欠缺对四周环境的爱,对别人的爱,对大自然的爱。"

"那我要如何做呢?"

禅师说:"这很容易,当你经过一棵树的时候,你要在心里用喜悦的情怀跟它打招呼;当你经过一盆花的时候,你要带着深深的关怀和爱心看一看它;当你看见一群飞雁横过天空时,你要真诚地为它寄上无限的祝福。如果你能使一棵树、一盆花、一群雁,一切自然景物快乐,那么那棵树、那盆花、那群雁,那一切自然景物也会让你快乐。"

是的,让爱填满我们的心灵,我们的心灵就会充满喜悦;用爱和喜悦对待别人,别人也会以爱和喜悦回报我们。这样我们就不会寂寞,不会惶恐,不会有失落感,别人也会觉得很充实,很愉快,很有成就感。

智者之言,有如暮鼓晨钟,不想痛苦的人,就不要远离大自然,否则会让你不快乐。能够贴近大自然,大自然就是你快乐的泉源。

因此,随时随地用爱与喜悦,和森林里的树木对话,和路边的小花对话，和跳跃在电线杆上的小鸟对话，和浮游在蓝天的白云对话，和所有大自然里的万物对话，跟他们说声："你好！"跟他们说声："我爱你们，我喜欢你们。"那样会让我们的心胸更开朗，让我们的心情更愉快，也让我们的心灵更升华。

同时，不管你再忙，都要尽量抽出时间，用轻松的心情去贴近大自然。例如，你可以打着赤脚在泥土上漫步；可以忙里偷闲，走到山巅，仰首看白云，走到河边，低头看流水；也不妨起个清早，和荷叶上的露珠一同呼吸；不妨在夜深人静的时候，卧看牛郎织女星。

尽量接近自然，尽量和自然打成一片，任运自在的秘密就在其中，愉悦快乐的秘诀也在其中。"实践是检验真理的唯一方法。"想知道它是不是真理，就不妨试着实践它，试着用爱与喜悦去和大自然对话，用爱与喜悦去贴近大自然，或许这就是你一生的转折。

慈悲与同情

问:"慈悲等不等于同情?"

答:"不,慈悲和同情相似,而不相同。就像同父异母的兄弟,两人虽然有关,但绝不可能一样。"

"能不能说得更清楚些?"

"就这样说吧!慈悲是指心灵极度渴望与别人的心,合而为一;更正确地说,就是希望分担别人的苦难,解决别人的困境,给他们安心与快乐,是爱的自然表现。

"而同情,则是思想控制下的产物,它只不过是再度确认自我与他人的分别;是恐惧下,分别人我的反应。"

或许我们还是不能从一问一答中,清楚区别慈悲与同情之间的异同,但至少我们知道,慈悲是把自己的心与别人的心,合为一体。同情则只是将别人的苦难反射到自我的心里,在分别自己与他人的情况下,庆幸受苦的不是自己,但也会为别人的遭遇感到惋惜。

换句话说:慈悲就是大爱,同情仅止于怜悯。

大爱是无量无边的爱,彼此没有距离的爱,不求回报、无染而清澈的爱,这就是佛教所说的"无缘大慈,同体大悲"的爱吧!

而同情,则是在自己与他人间、在分别人我之中,仍然存在着距离,仍然仅止于怜悯,而未必能把怜悯付诸行动,而和怜悯的对象同苦同忧、同喜同乐。

因此慈悲比同情在境界上要高出很多,胸襟上要开阔很多,情义上要深厚很多,达到这种境界的路途也遥远得很多。更重要的是,慈悲是要为拔苦予乐付出行动,付出心和力,付出泪水和汗水。

生死自在

  有人问大随禅师:"生死到来时如何?"
  大随禅师说:"遇茶吃茶,遇饭吃饭。"

  有僧问灵云志勤禅师:"如何得离生老病死?"
  志勤禅师说:"青山原不动,浮云任去来。"

  广钦老和尚行将圆寂,有弟子问他:"有什么事交代?"
  老和尚说:"无去也无来,没有什么事。"

  世界上谈论生死的人很多,但能像开悟的禅师那样心如止水,用平常心面对的就很少。有人在生死未到之前,对生死问题侃侃而谈,一副洒脱任运的模样;等到真正面对生离死别时,又呼天抢地,难割难舍,一副摆脱不开的可怜相。

  人之所以"惧死",都是因为"爱生"。因为有爱的执著,所以就会有割舍不下的情怀,所以就会有难分难舍的表现。像英国文学家济慈(John Keats)在病重时,想到自己将要从此长埋地下,而不是投入爱人的怀抱时,他凄惨地对他的爱人范妮说:"亲爱的,那真是天壤之别啊!"

  又如奥古斯丁(Aurelius Augustinus)在《忏悔录》中谈到他的体验时说,他爱朋友,因此畏惧死亡。他说:"我爱他愈甚,我就愈憎恨和害怕死亡。"

  原来惧死是因为爱生,难怪佛经列举人生之苦时会说,"爱别离，怨憎会"是人生的至苦之一了。

这里说的"爱"是一种贪爱，一种小爱，一种私爱，一种恋爱，一种贪恋执著的爱。"贪爱"是封闭型的爱，不像"大爱"是开放型的爱。开放型的"大爱"是付出的、无私的、洒脱的、无所求的，而封闭型的"贪爱"是恋取的、私我的、难舍的、有所求的。

要想达到"浮云任去来"的生死自在境界，就必须让"贪爱"渐泯，让"大爱"渐增。"大爱"增长了，"贪爱"减少了，任运自然又有何难呢？

费曼 V.S. 从谂禅师

理查·费曼是位桀骜不拘的物理学家,获得诺贝尔物理学奖不足以说明他的成就。他藐视哲学,但对人生的态度却具创意,《别闹了!费曼先生》一书不知风靡了多少学子。在美国物理界,他是出了名的整人专家,他装疯卖傻,有时让人怀疑他是否心理出了问题。

有一位心理学家问费曼:"你觉得你的生命有多少价值?"
"六十四。"费曼回答。
"为什么你说六十四?"
"你问我生命有多少价值,"费曼说,"生命能用量的吗?"
"我是说,你为什么说'六十四',而不是……比如说'七十三'?"心理学家问。
费曼说:"如果我刚才说'七十三',你也会问我同样的问题呀!"

从上述这段对话,我们敢断言,费曼不仅具有物理学的天才,也具有哲学家的思辨天分。他用他的尖锐,对照出心理学家的笨拙。

看了费曼的陈年往事,不禁让人想起中国唐朝赵州从谂禅师的一段故事:

有人问从谂禅师:"万法归一,一归何处?"
禅师说:"老僧在青州做得一领布衫,重七斤。"

乍看之下，从谂禅师似乎答非所问、离题太远。其实他说"老僧在青州做得一领布衫，重七斤"和费曼回答"六十四"一样，是不具意义的，因为万法归一的"一"就是"道"，道是无所不在的，所以一就是一切，一切就是一，何必问一归何处呢？任何回答都是错的，任何回答也都是对的，这也就是老子所说的"道可道，非常道"的道理。从谂禅师的回答和费曼的回答，在思路上或许有异曲同工之妙吧！抽象的概念性问题，是难以用具象的事物回答的。生命本来就是无价的，既是无价的，又哪里能用数字来衡量呢？

芥子纳须弥

唐朝江州刺史李渤问智常禅师:"佛教经典中说:'须弥山容纳一粒小芥子(须弥纳芥子)。'我不会怀疑这句话的真实性,但说:'一粒小芥子,可以容纳一座须弥山(芥子纳须弥)。'不就相当虚妄了吗?"

智常禅师不直接回答李渤的问题,反问李渤说:"很多人都说刺史您读了万卷书,不知是真是假?"李渤毫不客气地说:"这倒是真的。"禅师说:"你的头脑从上到下,只不过像椰子般大,您那万卷书向头脑的哪里放?"李渤听后似有所悟,低头不语。

人的思想都依循着自己从小到大不断培养而成的固定模式在思维。根据大多数人的经验法则,"以大容小"似乎是天经地义的事;但"以小容大",恐怕就大大违反了经验法则,不太能够被人理解。

其实大小之分,多少之辨,都是相对的概念与认知。表面看起来大的,实质可能是小的;外表看起来小的,能量可能是大的。遗憾的是,人往往受制于所谓的经验法则,或迷惑于既成的偏见与成见,于是产生错觉,造成迷乱。

执著于"眼见为凭"的,容易受外在的表象所迷惑;执著于"数据为证"的,容易被虚无的数字所玩弄。古人说:"磐石千里,不为有地;愚民百万,不为有民。"就是要凸显"大而无当,多而无用"的事实。

这样说来"芥子纳须弥"又有什么不可能呢?天文科学家不也

说，一个小小的"黑洞"能够把"巨大无比"的星系给吸进去吗？而一片小小的光碟，不也能将数以百万计的资料储存起来吗？谁又敢说一粒小小的芥子，容纳不下一座高大的须弥山呢？

　　李渤受限于他本身经验法则的执著，所以会有对"芥子纳须弥"的怀疑。其实李渤的执著，就是一般凡夫俗子的执著，破了"大才能容小，多才能含寡"的执著，对于大自然的不可思议与奥妙，才能有豁然开朗的体悟。

错乱因果

　　慈济委员问证严法师:"上人,我念佛念得很虔诚,我儿子的车上也挂了观音菩萨像,为什么他开车还会出车祸呢?"
　　证严法师笑着说:"你念佛很虔诚,你儿子车上也挂了观音菩萨像,这都很让菩萨感动;但是如果你儿子车子要开得那么快,观音菩萨也来不及救他呀!"

　　证严法师的回答很幽默,但也指出了一个事实,那就是:世人迷妄,往往错乱了因果关系。
　　世间很多人不信因果,或误解因果,甚至错乱因果。虔诚念佛,就是要让人内心平静,增强善念,减少杂念。内心平静了,善念增强了,杂念减少了,躁进、盲动与错误的行为就会减少,愚行减少了,自然就能逢凶化吉,趋吉避凶。这个道理其实很简单,但大多数人往往容易错过。
　　挂观音菩萨像在车内,是要提醒每个人常常以观音菩萨为榜样,学习他的慈悲与智慧。而开车出车祸,是因为开快车或不遵守交通规则,这和虔诚念佛或挂观音菩萨像并没有因果关系。可是现代人往往不求甚解,不断外求,少做内省工夫,出了差错总是怨天尤人,怪这怪那,不是错乱了因果,就是颠倒了因果,永远不知错在哪里。
　　二十世纪末,人类生物科学界的第一件大事应算"复制哺乳类动物"了。有人把这复制生命工程,视为人类历史上了不起的成就;也有人认为复制生命工程,将会给人类社会带来万劫不复的灾祸。

"复制工程"确实是人类生物科学上的一项"革命性"突破，但也可能成为一种扰乱自然法则的"毁灭性"工程。严密的因果律，就是一种疏而不漏的自然法则，既不容错乱，也不容颠倒，更不容扰乱。扰乱生命的因果，生命界的秩序必然受到干扰；生命界的秩序一旦受到干扰，其后果恐怕就不堪设想了。

启　示

有一位政客，已掌握了很大的权力，获得很多的利益，但是还不满足，再三要求禅师给他更多的启示，好得到更大的权力与更多的利益。

这天，政客又到禅师的面前说："师父，你教我静心和祈祷，我做了，你又叫我做这个，做那个，我也做了，但是仍然没有启示发生。"

禅师看看他，然后很正经地对他说："到外面街头上站立十分钟，保证会有启示给你。"

这时外面正下着大雨，政客看看外面，又回过头来看看禅师，用不敢相信的语气说："外面下那么大的雨，你叫我到外面站十分钟？"

禅师斩钉截铁地说："你就去站吧！那个启示一定会来临。"

政客半信半疑，心想："如果真会有启示，在大雨中站十分钟，还是值得的。"

于是，他不穿戴任何雨具，站在街道上任由风吹雨淋。路过的行人，大家都看着他，有的窃窃私语，政客也自觉自己像个傻瓜一样，看起来很愚蠢。

十分钟对他来说，确实很长，因为行人愈围愈多，他们都争相观看，并且开始议论纷纷，甚至有人怀疑说："他究竟怎么了？"但是为了得到启示，政客还是像傻瓜一样，在雨中站立着。时间一分一秒地过去，十分钟到了，启示一点都没有发生，于是政客气冲冲地跑回屋内，找禅师理论说："什么事都没有发生，你骗我！"

禅师平静地说："告诉我，你站在街上的感觉如何？"

政客说："我只觉得我像个傻瓜一样，笨死了！"

禅师说："这不是一个很大的启示吗？你只花十分钟，就知道你是一个大傻瓜，你不认为那是一个很大的启示吗？"

名缰利锁，令人智昏，为了追逐权力与欲望，多少人做了傻事犹不自知，还要不断不择手段地追逐。我们不知道故事中的政客有没有在禅师的棒喝下获得醒悟，至少如果我们能从中获得启示，不也可以让我们被名缰利锁扰乱的头脑清醒许多吗？

大道透长安

> 有人问从谂禅师:"如何是道?"
> 从谂禅师说:"墙外的。"
> 问的人说:"不问这个。"
> 从谂禅师说:"你问哪个?"
> 问的人说:"大道。"
> 从谂禅师回答说:"大道透长安。"

记载在《五灯会元》的这则禅宗公案,道理说浅也浅,说玄也玄,就是千万别说从谂禅师痴癫。道在墙外,道在路边,说穿了"条条道路通长安"。

"大道透长安。"这是从谂禅师用弦外之音,直指天堂不在宇宙的某一边,它和地理位置无关,既不在天外,也不在云端,它就在每一个人的心灵深处与方寸之间。

喜乐慈济

"为佛教，为众生"这六个字，让我终生受用不尽，也让我时时服膺，不敢稍有懈怠。

——证严上人

跨世纪的慈济希望工程

大家都知道慈善、医疗、教育、人文是慈济的四大志业。大家也都知道拔苦予乐、济贫教富、度化众生是慈济的宗旨和目标。但大家可能不清楚，为什么上人在众多不同的服务领域里，选择慈善、医疗、教育、人文为一生奉行不渝的志业？这是因为上人的思想理念是"为佛教、为众生"。佛教慈悲济世的精神是上人思想的源头活水，济度天下苍生是上人念兹在兹的奋斗目标。"但愿众生得离苦，不为自己求安乐"是上人不倦于菩萨道上栖皇奔走的慈悲大愿。

慈济志业由"慈善"起，"医疗"承，"教育"转，"人文"合的整体性志业，顺着志业的起、承、转、合，建构了慈济历史的美善史页，写下了台湾经验最动人的篇章。

慈善所以是慈济志业的起点，是因为上人发愿济度众生，所以选择慈善作为起步。医疗志业是慈善志业的承续，因为慈善是济贫，医疗是拔苦，拔除了病苦，贫苦的问题也将迎刃而解。所以从整个慈济志业发展的进程来看，"慈善"是起，医疗是承。

那么为什么教育是转呢？因为教育有承上启下的意涵，也就是说教育志业除了要承续"拔苦予乐"的慈善、医疗志业的慈悲本怀外，还要把慈济志业推向新的境界，带向新的里程，一方面能为"拔苦予乐"的慈善与医疗志业提升助人品质；一方面又能在教富育才上扩展领域，让度化人间的慈济志业广度化、深度化。而人文志业是慈济志业的总结，无论慈善、医疗、教育、人文志业本身都是文化的一环。人文是生活方式、思维方式与教育方式的总和。慈济的四大志业就是要建构一个喜乐的世界，一个人心净化的世界，一个社会祥和、天下无灾难的世界,换句话说就是要用慈济的文化创造一个真善美的"慈济世界"。

所以慈济四大志业个别分开来看,似乎各具功能、各有目标;但合起来看,又是环环相扣、节节相连、具共同理念、有一致理想的整体性志业。

教育志业在慈济四大志业中既然扮演着"承上启下"的"转"的角色,其责任之重大,使命之艰巨,毋庸置疑。"承上启下"的成败,关系到慈济四大志业未来发展的顺逆,这就是为什么上人对于教育志业寄以殷殷厚望的原因。

"社会发展的关键在人才,人才良窳的关键在教育。"我们对这种说法固然深信不疑,但是我们更认为教育的目标与功能不能仅止于专才的培育而已。慈济教育志业的宗旨与目标,除了为社会作育专才外,还要在"全人品质"的提升上更尽心力。

作育专才只在训练"术有专攻"的各行各业人才,偏重专业技能的训练。提升全人品质的教育,才是全人的教育,才是术德并重的教育,才是内在心灵、品德修持、外在行为与技能训练并进的教育。我们认为,社会充满专才,或许人类社会的物质文明会突飞猛进,但对人类精神文明,不见得会有丝毫助益,对社会祥和与人心净化不见得会起正面的作用。只有提升全人的品质,人与人之间才会有善的互动,我们的社会才会有美的循环。

因此,慈济教育志业应是全人的教育,是提升全人品质的教育,是内外兼修的教育,除了要授予学生以专业技能外,也要在全人的情操上培养出有情有爱、有德有义的良才。

教育是教而化之,育而成之。教而化之,是转化、变化、升华的意思,也就是要转化习性,变化气质,升华内涵;育而成之,是成长、成才、成就的意思,也就是要在身心方面有所成长,在专业方面成为栋才,在对社会与人群的贡献方面有所成就。这就是为什么慈济教育志业除了专业训练的强化外，特别重视人文教育的理由。

教育应从生活始，也应从生活终。美国知名的哲学家杜威（John Dewey）博士曾说："教育即生活。"从教育的目的看，杜威博士的主张是正确的，因为教育的最终目的是要让人懂得如何生活，懂得生活得更有品位，更有内涵与尊严。唯有透过人文的正确熏陶，才能让莘莘学子正确认识人生的价值，理解生命的可贵，知道对别人的尊重，知道如何对别人付出爱，如何把人人本具的良能启发出来。

慈济的教育志业不论护专或医学暨人文社会学院都办学有成，不仅获得学生家长的高度信赖，也获得社会各界人士的极度好评。证严上人去年曾宣示了慈善国际化、医疗全面化、教育完全化、文化深度化的理念。教育完全化是慈济教育志业必须全力以赴的目标。

所谓教育完全化，就是要从幼儿教育、小学教育、初中教育、高中教育，到大学教育、研究所硕士班、博士班，循序渐进，由下而上，建构一个完整的教育体系。而这项教育完全化的目标，上人期许于二〇〇一年完成，希望在二十一世纪开始，慈济的教育志业体系就能大局底定。

要评鉴一所学校的好坏，除师资、设备、课程设计与安排之外，最重要的是缔造良好的学风、教风与校风。学风就是学生的学习与读书风气，教风是老师的教学与研究风气，校风是综合学风、教风加上学校创校宗旨与校园环境所形成的学校内涵与特色。慈济要办的学校就是要办出学风好、教风好与校风好的一流学校。

人类文明即将迈入二十一世纪，台湾社会也正处于转型的重要阶段，在此重要时刻，我们警觉到教育对人类未来何去何从的重要，警觉到台湾社会未来的希望在教育，更警觉到教育志业是慈济慧命存续的重要关键。因此，除了期盼慈济教育完全化的目标能在二〇〇一年如期完成外，也期盼所有慈济人与广大社会群众给予慈济教育志业以最大的支持与关怀，让慈济教育志业能对台湾的教育事业贡献些心力，为台湾教学育才工程带动些美善的启发作用。

向慈济志工致敬

今年（一九九九年）的中秋，让人感慨万千，我们感慨世事的无常，也感慨造化的弄人。

一场台湾世纪末的大地震，震碎了多少家庭的天伦，毁灭了多少人的美梦。面对皓月当空，能有闲情逸致赏月的人究竟有几人？原本佳节良夜，如今却变成家破人亡，生离死别，对于受灾者与罹难者家属，今年的中秋让他们心碎。月亮若是有情，亦应为他们含悲。

眼见灾情惨重，眼见灾民无助，谁能不悲伤，谁能不哀痛。于是赈灾成了当前急务，事实上公家机关为赈灾也投入了大量的物力与人力，但赈灾的效果似乎未如预期。相反地，公家机关的动员能力，似乎远落在灾民的期望之后，因此抱怨声此起彼落，批评与要求也此落彼起，无形中愈增公家机关赈灾的压力。

民众既已先入为主，公家机关事后做再多的努力，都已扭转不了民众对公家机关既有的低效率成见。于是，公家机关在作为上动辄得咎，处理事来也就畏首畏尾，欠缺果断。灾民与公家机关之间的不良互动，从此愈演愈烈，恶性循环于焉产生。

相对于公家机关而言，民间慈善团体在此次赈灾的表现，颇受肯定。这固然是民间力量旨在弥补公家机关赈灾过程的不足，灾民均能心存感恩，即使稍有缺失，也不忍苛责。但平心而论，民间慈善团体的所有成员，都是由无怨无悔的志工组成，他们主动积极，吃苦耐劳，以灾民之苦为苦、灾民之乐为乐的精神，自然不是一般公务人员所能比拟；尤其最重要的是他们那股热心、爱心、耐心与细心，更是公家机关单位所难匹敌。

以慈济基金会为例，大家都惊讶于慈济何以能够动员得如此快速确实，服务得如此巨细无遗，进行得如此和谐流畅，许多媒体也以慈济对照于公家机关，对公家机关有所批评。其实两者属性不同，很难相提并论。

慈济已经有三十四年的历史，三十四年来慈济经历了大大小小的赈灾过程，累积了丰富的赈灾经验，从中学习很多应变的方法。尤其自一九九一年开始，慈济为了提升台湾的国际地位，强化台湾人民在国际社会中的尊严，本着尊重生命的观念，开始从事国际赈灾以来，经与世界各国慈善团体的往来、交流、切磋，汲取了许多知名国际人道救援组织的赈灾经验，广化与深化了慈济的赈灾能力。

此外，慈济多年来不断强调落实社区，以慈济志工的爱心凝聚社区居民的共识，美化社区，营造社区相互扶持的文化。这项落实社区的努力，现在已经成长茁壮，所以每当社区发生灾难，社区里的慈济志工就能立即动员起来，对受灾的民众给予必要的协助。

当然，更重要的是，慈济志工以大爱与感恩的胸襟，面对多变的社会与人世间的苦难，不忮不求，为拔苦予乐尽了全部心力。慈济志工爱乡、爱土、爱台湾的情怀，不亚于整天把爱台湾挂在口上，却一点也不为台湾付出的人。慈济志工柔和忍辱，做到了"恶口骂辱不嗔怒"的地步，也做到了"历劫挫身不倦惰"的境界。所以当我们听到有人辱骂慈济志工"台湾不救，救土耳其"时，我们真要为这些人悲，悲他们的狭隘。我们宁愿台湾平平安安，不需自己救，也不需别人救；我们宁愿台湾丰衣足食，人人有余力去救其他有灾难、有困难的天下苍生。

中秋节的晚上，正当许多人吃饼赏月，许多人烤肉欢唱，许多人麻将通宵的时候，在灾区，我们看到慈济志工还为灾民供汤煮食，为灾民的往后生活铺排打算，他们真的已经不知道今夕何夕了。在全省各受灾地区，我们也发现慈济志工捧着劝募箱，栖栖皇皇奔走于重要街头为灾民募款，他们不仅放弃了与家人共度中秋佳节，还要为灾民向路过的民众鞠躬弯腰；他们累了不敢喊累，饿了不敢说饿，渴了不敢叫渴，一心一意，为的就是赈灾，慈济志工真的让人感动。

证诸三十四年来慈济人历历在目的作为，我们相信台湾会以慈济志工的表现为荣，也相信慈济志工会以台湾未来对世界的贡献为荣。

让"大爱"在家里回荡

对现代人来说,电视无异是社会大众的耳目,受讯民众的头脑。

从电视中,我们可以得知世界究竟发生什么事,什么事在我们的周遭环境发生。

电视对现代人来说,似乎已不仅作为耳目的功能而已;电视对现代的人来说,似乎已成为指挥我们行为与思想的头脑了。想想电视要人喜则喜,要人忧则忧,要人怒则怒,要人乐则乐,我们似乎已被电视掌控着该怎么想或不该怎么想,该怎么做或不该怎么做。电视对现代人的影响,实在是既深且巨了。

大家都知道,当一个人耳聪目明的时候,相对地,他的思维与判断一定是清彻明朗。相反地,如果一个人耳聋目瞽时,讯息的焦点一定会被模糊,事实的真相一定会被扭曲,对应于讯息所做出来的反应,当然就谬误百出,一无是处。

现在大家不妨思考一下,作为我们社会大众耳目与头脑的电视是不是病了?大家也不妨想一下自认为自省能力强过所有动物的人类,是否已经警觉到我们的电视百病丛生了?如果已警觉到还无视于电视媒体百病丛生的严重性,那么我们就不禁要怀疑受讯大众的理性与智慧了。

大爱电视以"作社会大众健全耳目"自许,以"阐扬人性光辉,倡导人道关怀"自励。我们之所以做这样的自我要求,无非是想要还社会以真貌,给社会大众以信心,让大家对台湾的前途,对人类的未来永抱憧憬与希望。

"大爱"在开台之初,一切草创,同仁工作默契尚待培养,整体表现虽未尽人意,但"大爱"同仁不眠不休的工作精神令人感动。事实上,我们不怕没经验,怕彼此没共识;不怕节目做不好,怕理念不能落实。现在(一九九八年)第一季节目已经功成身退了,第二季节目正式隆重登场了,不论第一季节目的得失如何,我们都有充分的理由相信第二季节目一定会渐入佳境,更上层楼。因为全体工作同仁的经验正在累积,彼此的共识正在凝聚,节目的品质正在提升,最重要的是,"大爱"创台的理念正在落实。

台湾的电视媒体何其多,上百个频道充斥在每个家庭里,每个频道都各自为创台的目标做努力。大爱电视台是上百个频道中的一个,但"大爱"有自己的理想与使命,有"不与桃李争颜色"的认知与自觉。"寻常一样窗前月,才有梅花便不同","大爱"所不同于其他频道的,恐怕就是那股在节目中所充满的人间正气与人性清流。在"大爱"第二季的开始,我们要为同仁打气,也要为"大爱"加油。"大爱"需要社会大众的支持,社会大众也需要"大爱"的温馨。让"大爱"走进每个家庭,让每个家庭成为"大爱"的忠实观众,就是我们的最大期望了!

——本文是作者为纪念大爱电视台开台满一季而作

见证大爱，信仰慈悲

我们很难预料这个世界如果没有爱，会变成怎样的世界。

哲学家说，爱是万物聚合生成的力量，恨是人类分崩离析的作用。

千百年来，人类的历史，就是一部爱恨情仇史。当爱的力量增大，相互关怀的情意增多时，这必然是灾少福多的时代，老百姓必能享受太平盛世的繁荣与光明。相反地，如果恨的力量扩大，彼此争斗的心意增强，则这个时代必然是烽火连天，灾难频传，平民百姓必然在死亡与饥饿的边缘捱日子，在痛苦与黑暗中讨生活。

我们无意指陈现在是一个怎样的时代，但我们愿意引用狄更斯（Charles Dickens）在《双城记》中的醒世名言说："这是个光明的时代，也是个黑暗的时代。"是光明，还是黑暗，就在人类的一念之间。

人类用既期待又喜悦的心情迎接二十一世纪的来临。但总结二十世纪，对人类而言，无疑地，是科技突飞猛进的时代，也是天灾人祸频传的时代。二十世纪人类所遭遇的痛苦与折磨，死亡与饥饿，惊恐与绝望，恐怕要比过去十九个世纪的总和还要多。这是因为人类物质文明进步了，精神文明却停滞不前的缘故。物竞天择的理论，斗争哲学的盛行，导致人类再也不相信大爱能永恒，关怀可不朽。

慈济人用行动信仰慈悲，用付出见证大爱，证严上人把"为佛教、为众生"的理念，化为拔苦予乐的具体行动。自一九九一年开始，慈济就全力投入了国际人道救援的行列。从开始的生疏摸索，到后来的经验累积，经过九年的学习淬炼，我们不敢说在国际人道救援领域中，我们有多么傲人的成绩，但至少我们敢无愧地说，我们已经尽心尽力了。

在这段艰辛的人道救援过程中，我们看见了大自然反扑的威力，也见证了人为杀戮的悲惨。卢旺达种族大屠杀，让人惊心；埃塞俄比亚、柬埔寨、车臣、阿塞拜疆、塞内加尔、阿富汗、东帝汶与科索沃的内战与冲突，让人心悸；孟加拉的连年水患、蒙古的雪灾、朝鲜的粮荒、中南美洲包括多米尼加、洪都拉斯、危地马拉、尼加拉瓜、萨尔瓦多、海地与墨西哥等国的风害与水灾，让人黯然；还有土耳其的大地震、巴布亚新几内亚的海啸、中南半岛国家的动荡与非洲各国的饥馑与贫穷，都让我们难过与不忍。

由于我们亲临了屠杀的现场，亲睹了难民逃避烽火的悲惨与悲哀，也由于我们走进了天灾肆虐、哀鸿遍野的灾区，深入了贫穷与不毛之地，看见了生命的奄奄一息，感受了难民与灾民嗷嗷待援的困境，让我们更坚定对慈悲的信仰与对大爱的坚贞。

十年来，我们与世界四十多个国家结下了不解善缘，不论他们记得也好，不记得也罢，我们还是要感恩他们，祝福他们，期许他们有一个美好的未来。

中国大文学家陶渊明有诗云："落地为兄弟，何必骨肉亲。"这就是慈济人的襟怀，我们不敢奢望能救尽天下苦难，但我们誓愿尽最大的努力在人道救援的菩萨道上，继续前进。大爱包容地球村，国际人道救援工作只是慈济四大志业八大脚印的一环，慈济人秉持地藏菩萨"众生度尽，方证菩提"的精神，在苦难的国度里踽踽独行，只要天下苍生还有苦难，慈济的人道救援就永不停息，而见证人道救援的大爱史实与篇章也将人人竞写，代代传。

——本文原为《大爱包容地球村》（慈济人文志业中心出版，二〇〇〇年）序文

对生命的承诺

曾经听过这样一则故事,那是一则非常动人,而且发人深省的故事。

一位印度教徒,步行到喜马拉雅山的圣庙去朝圣。

路途非常遥远,山路非常难行,空气非常稀薄,他虽然携带很少的行李,但沿途走来,还是显得举步维艰,气喘如牛。

他走走停停,不断往前遥望,希望目的地赶快出现眼前。就在他的上方,他看到一个小女孩,年纪不会超过十岁,背着一个胖嘟嘟的小孩,也正缓慢地向前移动。她喘气得很厉害,也一直在流汗,可是她的双手还是紧紧呵护着背上的小孩。

印度教徒经过小女孩的身边,很同情地对小女孩说:"我的孩子,你一定很疲倦,你背得那么重!"

小女孩听了很不高兴地说:"你背的是一个重物,但我背的不是一个重物,他是我弟弟。"

没有错,在磅秤上,不管是弟弟或包袱,都没有差别,都会显示出实际的重量,但就心而言,那小女孩说得一点没错,她背的是弟弟,不是一个重物,包袱才是一个重物。她对她的弟弟是出自内心深处的爱。爱没有重量,爱不是负担,而是一种喜悦的关怀与无求的付出。

证严上人要求所有慈济人以"尊重生命"为己任,慈济人也都能以"大爱"相期许。所以自从一九九一年中国大陆华中、华东发生大水灾，慈济立即展开大规模赈灾开始，慈济就与受灾地区民众结下不解之缘。

九年多来，两岸关系尽管"晴时多云偶阵雨"，但风也好，雨也罢，慈济对大陆受灾民众的关怀与救援从来没有停息。九年了，在三千两百多个日子里，慈济的大陆赈灾工作一路走来备尝艰辛，也饱受压力。尽管如此，我们仍然确信：我们所肩负的，不是一个重物，而是出自内心深处对生命的热爱与敬重。由于我们热爱生命，所以我们关怀生命；由于我们尊重生命，所以我们拥抱苍生。我们无怨无悔，只因为我们信仰慈悲，我们见证了大爱的永恒。

从一九九一年安徽、江苏、河南三省开始，慈济人的足迹已踏遍了大江南北，也登上了高原大漠，更走遍了穷山恶水，不论救急的粮食、衣被、安身房屋，以及学校的重建、医疗的协助，只要我们能力所及，只要受灾民众需要，我们无不义无反顾，全力以赴，这也算是我们对历史的交代，对时代的见证，也是对生命的承诺！

时间的浪潮一波接一波，前一波才逝去，后一波又涌到，浪花可以淘尽英雄，可以冲淡记忆，但是"凡走过必留下痕迹"，我们把走过的痕迹，用归纳的方法，以概述的方式，记录成薄薄的一本简史，只希望大家了解大爱的至情至性与尊重生命的永恒价值。

大爱的至情至性，无始无终；尊重生命的永恒价值，无涯无际，所以慈济的人道关怀与闻声救苦的工作，将永不停歇。我们坚信爱与尊重才是自然界的法则，才是人类永远保有明天的希望。我们深切期望透过两岸良善互动的简史，让大家肯定大爱的凝聚作用，更了解慈济的用心良苦。当然我们也以一颗非常诚恳的心，邀请大家一起走入大爱的行列，将个人有限的生命化为宇宙生生不息的永恒。

——本文为《不悔大爱两岸情》（慈济人文志业中心出版，二〇〇〇年）序文

以大爱为宝

在广大社会大众的殷切期许与全体慈济人的引颈企盼下，慈济大爱电视台终于从一九九八年元旦起要正式和大家见面了，这不仅是慈济人文传播的另一新形式，也是台湾公益电视频道的新里程。对于扮演好大爱电视频道的社会公益角色，全体大爱台的工作人员，无不信心十足，全力以赴。

大爱电视台背负着众人的希望，也怀抱着诸多的理想，我们深知理想并非一蹴可就，但我们保证在理想的道路上将始终有我们的步履。

古人咏梅诗云：

千年万年老梅树，三花五花无限春；
不比寻常野桃李，只将颜色媚时人。

梅花坚贞高洁，不因桃李的争艳而改其冰资琼骨与冻蕊凝香的本色。这就是为什么千百年来梅花一直让诗人吟咏唱诵的原因。

慈济大爱电视台有其创台的理念和理想，有其奋斗的目标和方向。我们的理念是："不信爱心唤不回，不让青史尽成灰。"今天社会的种种弊病，都在于人与人之间缺乏相互的关怀与彼此的关爱。两千多年前楚王自信满满地说："楚国无以为宝，以善为宝。"浩气凛然，令人景仰。今天我们也要立下"台湾无以为宝，以爱为宝"的宏愿，让充塞天地之间的大爱发挥光芒，让台湾成为人人称羡的爱心之岛。

其实台湾爱心人士比比皆是，为什么外国人还要误解台湾为贪婪之岛？这是因为台湾传播媒体漠视爱心人士的存在，忽略了他们为社会付出的事实。为了不让爱心人士的懿德青史尽成灰，我们有责任也有义务烙下他们慈怀柔肠、济贫教富的足迹，让后世子孙清楚知道二十世纪末，跨越二十一世纪的这个时候，生活在台湾的两千多万民众，曾用心血与汗水写下辉煌的爱心史页。

慈济人文志业曾经许下这样的诺言：

> 为净化心灵作活水；为祥和社会作砥柱。
> 为闻声救苦作耳目；为丰富文化作先驱。

慈济平面媒体的志业如此，慈济电子媒体的志业亦复如此。尽管时下的电视频道充斥，我们的理想仍然屹立，我们的决心仍然坚定，我们的目标仍然鲜明。因为我们"不与桃李争颜色"，所以商业电视台的路线非我愿；因为我们摆脱利益挂帅的枷锁，所以能把慈济人与社会上的真善编入史诗，能把人性大爱的至美尽收眼底。

在大爱电视频道上，你将看不到暴力，所看到的是温馨；你将看不到冲突，所看到的是祥和；你将看不到邪恶，所看到的是美善；你将看不到黑暗，所看到的是光明。在大爱频道上你会看到台湾的希望，人性的光辉与生命的喜悦。

——本文是作者为慈济大爱电视台开台而作

师徒奇缘

对上证下严法师来说,"为佛教,为众生"是他的六字真言。

这六字真言,法师拳拳服膺,念念不忘,并奉为终身职志,在菩萨道上,栖栖皇皇,兢兢业业,走了三十余年。

法师说,不仅过去三十余年,他为这六个字,呕心沥血;将来他还要为这六个字尽形寿,继续走下去。法师的悲心与愿力,不仅开创了慈济四大志业,丰富了台湾社会人道救援的历史,更给人间佛教注入了新的活力与生命。所以"为佛教,为众生"六个字可以说是证严法师生命中不可分割的一部分,也是他一生愿力的不绝源泉。

提起"为佛教,为众生"这六个字,就不能不提起上印下顺导师与证严法师的一段"师徒奇缘"。

而提起印顺导师与证严法师的这段师徒奇缘,就不能不话说从头,追溯到三十多年前的台北慧日讲堂。

法师在细说昔日因缘时说:"这真是个奇特的因缘啊!"

"当我出家将入戒坛时,因为没有皈依师父,被拒绝于戒坛门外。"

"说被拒绝,比较客气;说被赶出来,比较贴切。被拒绝的感觉真难受啊!"

证严法师说:"被赶出戒坛后,心里又难过,又茫然,本想立刻返回花莲,继续在地藏庙后的小木屋自修。但因对太虚大师的人间佛教心仪已久,心想既然进不了戒坛,倒不如趁此机会到慧日讲堂请《太虚大师全集》,带回花莲研读。"

法师继续说:"当时对台北很生疏,慧日讲堂坐落何方、如何前往都不知道,所以商请了一位年轻师父陪我前往。因缘不可思议,没想到印顺导师当时就在讲堂里。"

印顺导师是我国现代佛教界的佛门泰斗,佛学著作等身,《妙云集》几乎成为研究佛学必读的著作,他曾受教于太虚大师,《太虚大师全集》就是由他负责主编完成。

对于印顺导师,证严法师在此之前并未曾谋面。但法师说:"在未皈依印顺导师前,我对导师就深为景仰,也曾读过导师的著作。"

"当时因缘真奇妙!"法师谈兴正浓地说,"记得年轻师父带我乘车到慧日讲堂时,我心中只挂记着要请《太虚大师全集》,并没有拜师的念头。等到请了书,慧日讲堂负责图书流通的师父将书包好,交给了我,而我拿了书准备离去时,刚好外面下起大雨。递书的师父非常慈悲,要我在讲堂稍事等候,他去设法为我叫辆计程车。就在我等待计程车时,忽然起了拜导师为师的念头,并很唐突地向带我到慧日讲堂的年轻师父说,可否请其代为向导师请求,希望导师收我为徒,让我能进入戒坛受戒。"

"话才刚说完,很奇妙地,导师正好从房内走出来。"说到这里,证严法师显得很兴奋。"年轻法师果然向导师禀明我的愿望。只见导师向我看了看,然后朝我招招手,叫我过去。就这样,我皈依了导师。"

据了解,在证严法师皈依印顺导师之前,导师早已不再收弟子了。这是因为导师以教育为重,为免分心,所以才有不收徒的决定。

而证严法师却能在仅有一面之缘的情形下,让导师打破不收徒的惯例,这能说不是一段奇缘吗?

证严法师皈依导师时,已是近午时分。戒坛十二点就要封坛了,为赶上受戒,时间万分紧迫,所以当时实在没有时间举行皈依仪式,导师只好匆匆忙忙地开示道:"你既然皈依了,就要'为佛教,为众生'奉献心力。"

"为佛教，为众生"这六个字，就这样如雷贯耳地，一个字一个字，清清楚楚、扎扎实实地烙入证严法师的心里。证严法师曾经不止一次提到："'为佛教，为众生'这六个字，让我终生受用不尽，也让我时时服膺，不敢稍有懈怠。"

法师继续回忆说："在十二点钟封坛之前，我适时地赶到了戒坛，经过一个多月在戒坛生活学习，出坛后因导师无女众修行道场，所以我又回花莲。"

"事实上，由于师徒分隔两地，真正躬聆导师教诲的机会并不多。"证严法师说，"所以只能研读导师的书，并对'为佛教，为众生'的开示，不敢须臾或忘。"

也由于证严法师对导师的开示时刻铭记在心，并立下尽形寿，依教奉行的宏愿，慈济的慈善、医疗、教育、人文四大志业由此一一展开。

谈起这段师徒奇缘，印顺导师也满面笑容地说："因缘不可思议啊！"

导师回忆说："当时他要买《太虚大师全集》，我想，要了解大师是好事。大师提倡人间佛教，所以我一听他要买，自然也感到欢喜。"

对于证严法师能够念兹在兹，拳拳服膺导师"为佛教，为众生"的开示，并剑及履及，步步踏实地为人间佛教，做出了这么大的贡献，印顺导师显得相当满意。

至于当时为什么会给证严法师"为佛教，为众生"的开示，印顺导师说："因为他买《太虚大师全集》，而太虚大师毕其一生，就是为佛教，为众生，所以我就送给他这六个字。"

"对一般人来说，这六个字，听起来似乎老生常谈，没有什么新意。"导师进一步说，"但他真正了解了其中精髓，并身体力行，真正劳心劳力做到了。"

至于为什么当时会不假思索，立刻答应收证严法师为弟子，印顺导师自己也觉得很意外，他说："我向来也不曾以这样的形式收弟子，一切都是因缘吧！"

确实，当时收徒之事，对印顺导师来说，是突如其来的因缘，而决定收徒也在一刹那之间，就连皈依的仪式也太匆忙，太简单了。"因缘不可思议！"印顺导师的这句话，又在耳际荡漾，在脑中回响。

一位是当代佛学泰斗，教界高僧；一位是落实导师人间佛教，力行"佛法生活化，菩萨人间化"，推动慈济志业不遗余力的力行者，明师高徒，传奇往事，为佛教历史写下了精彩的篇章，这难道不是时节因缘所成就吗？

难怪导师会说："因缘不可思议啊！"

事实上，因缘真的也不可思议，何况是这么殊胜的因缘，那就更不可思议了！

慈济人的情与义

对台湾的老百姓来说，近百年来最撼动人心的，莫过于九二一大地震了。这场让人心悸犹存的大地震，不仅震倒了数以万计的美丽家园，也震碎了难以数计的天伦梦回。两千多名乡亲在这场地震中殒命了，不少同胞在这场震灾中顿成伤残。高山其颓，绿水不再，大地改变了容貌，熟悉的乡土变了模样，断垣残壁，灾民失所，多少老幼从此失依失怙，展望茫茫前程，受灾乡亲们既彷徨又无奈，只好仰天长叹，泪眼问苍天了。

一向冷漠的台湾，面对这次百年不遇的大震灾，大家不再冷漠了，人们眼见山颓了，眼见楼塌了，眼见成千乡亲身埋瓦砾，丧失生命了；眼见灾民家园破碎，不知何去何从了；眼见丧亲的哭嚎；眼见无家可归的悲痛……这一幕幕的景象，无不牵动着台湾民众的心。于是恻隐之心被启动了，有钱出钱，有力出力，各类物资源源不断，各界捐款也络绎不绝。这种高度爱心的表现，数十年来已很少见了。但无疑地，它给灾区注入了无比的温暖，使受灾乡亲感受到无限的慰藉。

台湾，我们生于斯，长于斯，对于斯民斯土，我们都有着深厚的感情，所以灾民的痛，就是我们的痛，灾民的苦，就是我们的苦。慈济人之所以能够无怨无悔，日以继夜地投入赈灾，从灾难刚发生时的紧急救援，到安身、安心、安生的灾民安顿，以及往后的灾区重建工程，都能以一种使命感与责任心，双肩挑起，这就是对乡亲们的一种感同身受，我们愿分担他们的苦，同担他们的难。我们知道我们的力量有限，但我们愿意尽其绵薄，让受灾乡亲早日度过苦难，尽快走出阴霾。

在协助灾区重建上，慈济人选择了受灾学校的重建作为重点，这是因为教育是百年树人的大业，它代表着一种希望，一种薪火相传的希望，一种人类文明向上升华的希望，一种一代强过一代的希望，所以我们把学校重建的工作称为"希望工程"。

教育是慈济的四大志业之一，可见慈济对于育才树人工程的期许与重视。上人对灾区重建，指示应在希望工程上全力以赴，正是慈济推动教育志业的崭新诠释。树人育才，不是公家机关的责任，树人育才是全体民众的责任。国家兴亡在人才，社会进步安定也在人才，一人不教可以祸延全民，一个人才之育成，可以福造百姓。所以谁说对于灾区希望工程的再造，我们可以置身事外？

认养五十余所中小学的重建，对慈济人来说是项很沉重的负担，近百亿的重建经费，仍然有待慈济人的努力劝募与全体社会大众的继续捐输。但为了灾区的下一代，为了台湾社会的未来，慈济人再辛苦都是值得的。想到十年、二十年后一批批人间俊才，成为社会的中流砥柱，成为造福人类的中坚领导，我们都会欣慰于功不唐捐了。

慈济人赈灾的快速、有效率已备受社会肯定与赞赏了，可是我们必须要自我提醒的是，慈济人不为名，不为利，只为尊重生命，服务人群，尽心力，所以社会愈肯定，我们愈用心；民众愈赞叹，我们要愈谦卑。慈济人并非无所不能，我们要学习的地方还很多，有待进步的空间还很大，只有用更谦卑、更精进的心，慈济人才能再百尺竿头更上一层。

耕者有其田

慈济基金会的一位慈诚志工,知道慈济要派人前往国外赈灾,于是就自告奋勇到证严法师面前请命说:"上人,这次的国际赈灾让我去好吗?"证严法师看他一脸诚恳,当场答应说:"好呀!这一次就让你去。"

赈灾工作圆满完成了,这位志工也法喜充满地回来了,他一再感恩证严法师给他这个国际赈灾的机会,让他对生命的意义有很深的领悟。

过了不久,同样的地方又传灾情,慈济又决定前往赈灾。这位志工得知消息,再度到证严法师的面前说:"上人,这次要让我去好吗?我已经有一次经验了,这一次会更驾轻就熟。"法师看看他,微笑地说:"好吧!这一次再让你去吧!"这位师兄又满心欢喜、高高兴兴地随团前往赈灾了。

经过审慎的评估,慈济基金会认为这个国家有必要给予"三年扶困"的长期援助。这位志工听到消息,又匆忙赶到花莲,在证严法师的面前恳求说:"上人,让我参加这'三年扶困'的长期救援工作吧,我一定会尽心尽力把扶困的工作做好。"

法师笑了,并半开玩笑地说:"第一次你来见我,要我给你一块福田耕耘,我答应你了。第二次,你要求我对这块福田给你'三七五减租'(减轻租负),我也答应了。现在你更进一步要求'耕者有其田',要把这块福田整个拿去耕耘了。"在座的其他人听了法师的幽默回答,都哈哈大笑。

"福田一方邀天下善士"是慈济人的诚恳邀约,证严法师对弟子们这种勇于承担、争取耕耘人间福田的心意与勇气，自然感到贴心，而且在肯定与欣慰中，语带幽默，让人倍感温馨与喜乐。

　　人间多难，福田处处，有心善士，何愁无田可耕。只要有心，人人都可共耕人间福田，同享耕耘后收获盈筐的心灵喜悦。"心莲万蕊造慈济世界"，慈济世界是个净土的世界。净土不在未来，而在现在；不在远方，而在每个人的心中。"心净则国土净，心宽则天地宽"，如果人人有一颗出污泥而不染的纯洁心灵，有一颗与人为善、乐于助人的爱心，则这个世界必然祥和，我们的社会必然美丽温馨，人间净土不也就呈现在眼前了吗？

　　美善，我的名字叫慈济！慈济的美，就在于肯定人性；慈济的善，就在于尊重生命。与其抱怨社会风气败坏，不如投入净化人心行列，只要大家有志一同，就可以和慈济人一起，与天下苍生进行美的互动与善的循环。

智慧高下的公式

很多人都在追求智慧,但却不知道什么才是真正的智慧;正如很多人都在追求寿命,却不知道什么才是真正的寿命一样。

孔子说:"朝闻道,夕死可矣!"

如果孔子所说的"闻道",就是对智慧的追求的话,那么这种为了追求智慧,不顾生命的精神,实在值得敬佩。

天主教徒或基督教徒遇到困难,会以虔诚的态度祷告,祈求:"主耶稣,赐给智慧,解决难题。"

在天主教徒或基督教徒的眼中,"智慧"是耶稣基督的赐予,是天大的恩惠,是难得而神圣的。

佛教徒每天追求"福慧双修""悲智双运",在"戒、定、慧"三无漏学中,"慧"赫然在目,又如"布施、持戒、忍辱、精进、禅定、智慧"六波罗蜜,"智慧"是压轴的最终成就,可见佛教徒也非常重视对智慧的追求。

但什么是智慧?智慧跟知识是否相同?智慧的真正本质又是什么?恐怕很多人一知半解,甚至不得其解。

过去很多人重视所谓的IQ,也就是"智力商数",认为IQ高的,智慧就高,IQ低的,智慧就低。其实事实并非如此,知识商数和智慧之间,不仅还有一段很大的距离,而且两者恐怕是南辕北辙,各不相干,如果不适时加以厘清,恐怕就会误尽天下苍生。

IQ高的人,充其量只能说是个聪明人或者说是精明人。所谓聪明,所谓精明,就是指"耳聪目明"的人而言,他们可能"闻一知十,举一反三",也可能"一目十行,过目不忘"。这样的人,我们说他"很聪明"则可,说他"有智慧"则不可。

因为一般 IQ 测验,涵盖的范围只是一般性的常识与知识。而常识、知识丰富且反应快的人,并不一定是"有智慧"的人。智慧比常识或知识,要辽阔许多,要深层许多。

最近,社会上普遍流行一种叫 EQ 的观念,这大概是有些人已感受出 IQ 不足以说明智慧的高下,于是又提出了 EQ 来补充。

所谓 EQ,就是"情绪商数",换句话说情绪可以左右一个人的处事态度,待人方法与谋事能力。所以情绪的稳定与否,以及对情绪的掌握是否得宜,都足以影响一个人的成功与失败。

EQ 观念之所以能大行其道,并非没有道理。

过去有许多哲学家都强调"人是理性的动物",于是大家就把全部的心力放在理性思考上,忽略了人类的感情作用。现在,有很多心理学家强调:"人绝对是感情的动物。"于是大家又集中心力,呼吁让人类有感情宣泄的出路,于是"只要我喜欢,有什么不可以"的念头被鼓励了,于是不仅"理性"被制约了,连人类的情感也被制约了。依佛教的观点,贪、嗔、痴、慢、疑、嫉等都是情绪的作用,六者之中只要有一种出现问题,再高的 IQ 都会被打乱阵脚,都发挥不出它的正常功用,再好的机会都会被它破坏殆尽,所以 EQ 影响人的一生,要比 IQ 来得深远。

一般而论,IQ 高的人,不一定 EQ 高;而 EQ 高的人,IQ 总不会差到哪里去,这是 EQ 所以受到重视的原因。

虽然如此,EQ 还是涵盖不了智慧的全部,尽管 EQ 有稳定 IQ 的作用,却没有智慧所应具备的深度和广度。

"智"是分别智,"慧"是平等慧;分别智是深度,平等慧是广度。有辨别是非、善恶、对错的"分别智",还必须要有"众生平等,自他无二"的"平等慧"做基础。只有以这种"怨亲平等"的慈悲观做基础的分别智,才是正知正见的大圆通智,否则难免停留在"见仁见智"的层面，还是称不上是放诸四海而皆准的"智慧"。

所以真正的智慧除了 IQ 与 EQ 之外，还必须包含 LQ。

LQ 是笔者的自创。L 是 Love（爱）的起首字母，LQ 的意思就是爱心商数。真正的智慧，其稳固的基础就建筑在"爱心商数"上。

在大自然世界里，"爱"是无所不在、无处不有、无时不需的。大自然因为有爱，才显得那样和谐、安详与有序；植物界因为有爱，才显得那样翠绿、繁茂与共生；动物界因为有爱，才能繁衍、共荣与生生不息。

人类是有智慧的生命体，之所以称为"有智慧的生命体"，必有异于其他不同种类的生命。孟子说"人之所以异于禽兽者几希"，这个"几希"的不同点，就是在对"爱"的理解、诠释与实践上。

的确，大自然里，处处充满着"爱"，如果没有"爱"，大自然根本不可能存在。即使存在，也不可能是我们现在所知道、所看到、所了解到的大自然。

日出日落，月圆月缺，大自然白天给大地以阳光，晚上给万物以阴凉，这就是大自然的爱；草木时时刻刻，日日年年，进行着光合作用，提供大量的氧气，让万物得以生存，这就是草木的爱；虎豹虽凶猛，但对亲生的小虎、小豹，仍然小心呵护，我爱犹怜，这就是兽类的爱。天地万物，无不各自背负着对大自然的责任与使命，这就是天地万物，无所不在的爱。

而人类的爱，又要比天地万物的爱更辽阔、更深层、更具自省性与自发性。这也就是"人之所以异于禽兽者几希"的答案，也是人类之能成为地球上绝无仅有的"智慧生命"的道理。

我们说人类的爱，比天地万物的爱更辽阔，那是因为人类可以把小爱，化为大爱；把私爱，化为博爱。

我们说人类的爱，比天地万物的爱更深层，那是因为人类可以把污染的爱，化为透彻的爱；把杂乱的爱，化为清明的爱；把表层肤浅的爱，化为深层刻骨铭心的爱。

我们说人类的爱，比天地万物的爱更具自省性与自发性，那是因为人类可以把无明的贪爱，化为无所求的慈爱；把被动的爱，化为主动的爱；把消极的爱，化为积极的爱。

因为人类的爱具有自省性与自发性，所以才能把低层的爱升华，把外显的爱内敛后，又把内敛的爱外显，让爱更具价值，使爱更具感动力。

过去，大家讲究知识商数（IQ）；现在大家又争相谈论情绪商数（EQ）。如果说知识商数是一种常识的反应，那么情绪商数就是一种修养和自制，两者在待人处事上都非常重要。一个人如果没有足够的常识与应有的反应，做起事来，一定是荒腔走板，一无是处。一个人如果有足够的知识商数，但没有足够的情绪商数，控制不了鲁莽而又草率的情绪，那么做起事来，一定是阻力重重，最后难免功亏一篑。

我们说一个人"成事不足，败事有余"，可能就是那个人的情绪商数出现了问题。有再高的知识商数，没有稳定的情绪商数，还是无用武之地。所以 IQ 与 EQ 比较起来，EQ 确实要比 IQ 重要一分。

而 EQ 的稳定性，建筑在 LQ 的基础上。一个人之所以动辄闹脾气要性子，失去应有的耐性，通常是因为失去爱与关怀的支撑。只要心中有爱，时时有感恩与关怀，情绪商数自然能提升，失序的脾气自然能控制，做事自然能顺心，待人自然结好缘。

做事能顺心如意，待人能广结善缘，时时能欢喜自在，这就是真正的智慧。这才是我们所要的人生锦囊。

智慧是人人所企求的，但什么是智慧的真正内涵，恐怕就见仁见智了。

一般人常把智慧与聪明混为一谈，以为聪明就是智慧，其实这是把智慧矮化了，曲解了。

前面我们说过,所谓智慧,是由"智"与"慧"两字组合而成,代表两种深化了的内涵。

"智"是分别智;"慧"是平等慧。

分别智是指能分辨是非、对错、善恶、好坏等的能力,也就是一种析辨、推论、判断的能力。

平等慧是指对"法无高下,性相不二,众生平等"的认知。因为认知到"法无高下,性相不二",所以才能破我执,灭我相,把自己溶入大化之中;因为体悟到"众生平等,蠢动含灵皆有佛性",所以才能"无缘大慈,同体大悲",用没有分别心的大爱去尊重所有的生命。

因此,智慧是指在"众生平等"的理念下,以无比宽阔,丝毫没有分别心的慈悲襟怀,对一切事物所做的析辨、推论与判断。

有了这样的了解,才能够意识到真正智慧的前提是"慈悲",没有慈悲就不可能有真正的智慧;失去了慈悲,就失去了智慧。没有慈悲的襟怀做基础的能干,充其量只能称为聪明,不能叫做智慧。

于是,要衡量一个人的智慧有多高,必须依循一套标准公式,我们不妨称它为"智慧高下的计算公式":

$$智慧 = (1IQ+2EQ+3LQ) \div 3$$

所以真正的智慧就是知识加上情绪,再加上爱心。而三者之中还要有轻重之分与比重之别。其中"爱心"商数的比重最重,要有三分;其次是情绪商数,要有二分;最后才是知识商数,只要有一分。

判断一个人的智慧有多高,最关键的一环在"爱心"。"爱心"是智慧的基础,所谓的 EQ 或 IQ,都建立在爱心的基础上,就像金字塔,地基愈宽广,气势愈雄伟。没有宽广的基石,就不可能有伟大的金字塔。

我们可以这样说：智生于慧，慧生于慈悲。寻常我们祝福别人，都会说"悲智双运""福慧双修"，悲总是在智前，慧总是在"福"后。悲就是慈悲，慈悲就像大地的母亲孕育万物一样，给人以智慧。

"爱"是一种关怀、一种尊重、一种感恩、一种惜缘、一种付出、一种祥和、一种喜乐、一种良性的互动、一种善的循环。只有建筑在爱的基础上，才有智慧可言，也才是千古不朽的真正智慧，才是能放诸四海而皆准的智慧。要知道智慧有多高，就看你的爱心有多广，有多深，有多厚！

在 EQ 造成风潮的此刻，我们特别提出 LQ 的观念，无非是要提醒大家，不管 IQ 也好，EQ 也罢，都不能没有 LQ。LQ 是智慧的大股东，它掌握了智慧高低与有无的关键。要谈论 IQ、EQ 之前，不妨先谈 LQ。要知道自己的智慧有多高，也不妨先问自己的爱心有几分！

悲喜人生

慈济志工耳熟能详的"南非妈妈"走了,她带着三个子女在慈济人的安排与祝福下,离别了情意绵绵的花莲,回到南非开普敦(Cape Town)的故乡。从哪里来,又回到哪里去,南非妈妈带走了丝丝离愁,但也留下了片片回忆。

提起南非妈妈,慈济志工有太多的感动与感触——原本一对令人钦羡的异国鸳侣,却因一场无情的车祸,夺走了男主角的生命,使得应该是喜剧收场的剧情急转直下,女主角——南非妈妈,立刻陷入愁云惨雾的悲剧中。要不是慈济志工及时给予必要的关怀与协助,悲剧恐怕还要持续上演,哪里会有现在"得其所哉"的好结果。

其实,人生如戏,世界就是人生的舞台。出将入相,"你方唱罢我登场",本来是极其自然的事。人生的戏,人人会唱;但人生的剧本,各有不同。剧情的转折,三分靠因缘,七分靠自己,只有自己有意愿当主角,才不会充当龙套;只有自己不想当悲剧演员,才会有圆满的喜剧收场。

当南非妈妈在南非与我国远洋渔船船员邂逅,迸出了爱情的火花后,就勇于充当自己人生舞台上的主角,毅然缔下了"在天愿作比翼鸟,在地愿为连理枝"的金石盟约。过了几年,他们又毅然决然地演出只留下一女在南非,举家迁回台湾定居的一幕喜剧。从异国情侣,到同命鸳鸯,他们在漫漫人生路上,走得无怨无悔。

曾几何时,无常到来,男主角因一场车祸丧生失命,迫使原本同命鸳鸯的异国情侣,只好由女主角的南非妈妈,独自单飞。这期间,南非妈妈,自怨自艾,自暴自弃,不仅不能振作精神,抬头挺胸，继续作自己人生舞台的女主角，反而做了屈服于环境与命运的龙套，让原本是喜剧的戏码，差点就一路悲剧到底。

幸运的是，南非妈妈碰上了慈济志工老兵颜惠美，她为南非妈妈改编了剧本，把沦为配角的南非妈妈又重新拉回主角地位。现在，南非妈妈带着慈济人浓浓的爱与对花莲淡淡的离愁，再度整装出发，航向人生希望与喜剧的前程。慈济志工无所不在的慈悲，与无所不能的愿力，能够化苦为乐，转悲为喜，与千手千眼观世音菩萨何异？

南非妈妈的案例，只是慈济志工关怀与协助的无数个案中的一个。慈济志工不仅能帮助悲苦的人改写人生剧本，也能帮助受难的人拾回担当主角的信心，甚至还能充当导演，指导不能演好人生角色的人充实演技，好让他们在落幕之前的表演中善尽职责。

除了南非妈妈这场悲喜剧外，慈济志工也精心策划了一场"悲情父子会"，协助一位混迹黑道三十五年，最近才洗心革面，毅然戒掉跟随二十多年的毒瘾，却又被医师宣布为肝癌末期的五十岁中年人，找到了因案被关在宜兰监狱的儿子，并安排了一幕"感人肺腑，赚人眼泪"的父子会。

父子会的开头并不那样的顺利，由于父亲年轻时耍流氓，混黑道，置家庭于不顾，让母亲寒了心，让儿子伤了情，所以身系囹圄的儿子，始终没有片刻原谅过父亲。对于慈济志工呕心沥血安排的父子会，起初并没有太多的投入与激情。

父亲的生命已近黄昏，儿子的怨恨还是未平，尽管父亲老泪纵横，儿子还是无动于衷。此情何忍，此景何堪，人间悲剧，莫此为甚。

经慈济志工的再三劝慰与监狱秘书的善意开导，顽石终于点头了，在儿子倔强的脸上，泪光终于在眼眶中闪烁。父子两人双手紧握了，他们相拥而泣。目睹这幕人生悲喜剧的人，无不动容，热泪盈眶。

"知罪肯忏，知过能改，知福肯作，知心肯修，作佛也不难。"这话一点都没错。医师可以为你的断腿矫正上石膏，但使它愈合的是自己的再生力与愈合力。慈济志工虽然是人间菩萨，能够助人离苦得乐，但真正能离苦得乐，还得靠自己。就像"医师可以帮病人开药方，但没有办法替病人吃药"的道理一样。

慈济志工在"南非妈妈"与"悲情父子会"中为我们导演了一场精彩绝伦的人生悲喜剧，给我们上了人生最宝贵一课，因此，我们不得不衷心地说声："慈济志工，我们敬佩您！我们感谢您！"

生命融入生命的悸动

法国历史学家密修莱曾经说过：

> 当生命遇上生命，会发出光芒，带上磁性；而一旦孤立，光芒就消失，磁性就不再。

千百年来，古今中外，不论哲学家或科学家都不断在思考与探索：存在何意？生命何价？人生何从？但遗憾的是，迄今为止，似乎还寻找不到一个被大家普遍认定的共同答案。

不管哲学家或科学家在这些论题上如何百家争鸣，争论不休，我们始终认定：凡是存在，都具非凡意义；凡是生命，都值得高度尊崇；人生苦短，都应活得无愧无憾无悔。

去年（二〇〇〇年），我们出版了《两岸髓缘》，那是一本诉说生命遇上生命的故事，或者更贴切地说，那是一本用了无遗憾的勇气，细说生命融入生命的动人篇章。在书中，我们看到了人性的光辉，也体会到生命遇上生命所发出的光芒，果然耀目。

《两岸髓缘》出版后，读者的回响纷至沓来，他们纷纷被捐髓者无私的大爱所感动，被受髓者和血癌搏斗的毅力所慑服。尤其最动人心弦的是，当捐髓者的骨髓移植进受髓者的体内那一刻，时间似乎暂停了，手术房里似乎是大放光明了，我们似乎听到了从四面八方蜂拥而至的对生命的礼赞歌声。就在这个时候，人性的光芒大放异彩，生命和生命紧紧连结在一起，成为密不可分的共同体。

我们不知道捐髓者的爱心有多伟大，我们只知道，为了挽救一位素未谋面，且和自己毫不相干的人的生命，他可以置自己死生于度外，义无反顾，毫无所求地献出自己的生命之髓。那种凛然捍卫生命的慈悲与正气，岂止用"伟大"两字所能形容于万一；那种廓然无私，热爱生命的情怀，真可说惊天地而泣鬼神。

　　台湾社会有许许多多具有高度爱心的捐髓者，他们为捍卫生命，接二连三，冲锋陷阵，捐髓行动，未曾止息；而和血癌拼搏的受髓者，尽管他们的生命如同风雨中的烛光，摇摇欲灭，但他们毫不放弃希望的求生意志始终屹立不摇，他们再接再厉，争取生存的信心，未曾松懈，这些都是可歌可泣的生命乐章。这乐章我们有责任，也有义务，让它传扬，让它化为一股莫之能御的力量，去传播尊重生命的可贵与捍卫生命的可敬。

　　现在《生命相髓》一书又要出版了，这本继《两岸髓缘》之后再度出版的新书，是汇集新的捐髓个案编纂而成，这本记录生命勇者心路历程的书，目的不在传扬捐髓者或受髓者有多伟大，而是在见证一切存在的生命有多尊崇。只要每一个人能热爱生命，尊崇生命，这世间就没有一个我们不能爱的人；只要每一个人心中充满爱与关怀，这世间就没有仇敌与怨恨。

　　如果看了这本书而对生命的可贵有所启发与醒悟，那么我们就要对书中的每一个人，包括捐髓者、受髓者、医护人员与所有和他们相伴相随、相关怀、互砥砺的台湾慈济基金会骨髓捐赠中心的工作人员和慈济志工们致上最崇高的敬意与谢意，由于他们的勇气、毅力、信心与无所不在的大爱，才能完成捍卫生命的使命，也才能编谱这曲动人的生命乐章。

　　付出才能杰出，投入才能深入，关怀才能开怀，行动才能感动。如果人人能够付出一点爱，这世界马上就会亮起来；如果人人能够成为捍卫生命的勇士，这世界马上就会变得温馨与可爱；如果人人能够投入抢救生命的行列,这世界马上充满生机与慈悲;如果人人能够释放心中无比的爱,这世界马上就会变得没有眼泪,只有关怀。

当然,如果这本书能够触动您心灵深处的感动,能够启开您心中久藏的爱,能够让您觉悟到生命的可贵、可敬与可爱,那么它的出版,意义就更非凡了。

——本文为《生命相髓》(慈济人文志业中心出版,二〇〇一年)序文

目睹九二一大地震有感

　　台湾人百年来很少遭遇到像这次九二一大地震这么惨重的灾难了。四五十年来，台湾偏安一隅，忧患意识已经丧失殆尽，而经济的发展带动了享乐主义风潮的盛行。什么"居安思危"，什么"多难兴邦"，不仅在行动中付诸阙如，在意识上也荡然无存，这究竟是台湾精神的蜕变，还是台湾人民的悲哀？一时也让人糊涂了。

　　九二一大地震不仅震裂了山河大地，震倒了美丽家园，也震碎了台湾民众安逸日久的心，但勉强可以说得上不幸中之大幸的，应该是九二一震出了社会大众对人与自然关系的重新思考，震出了社会大众暌违已久的爱心。

　　自十九世纪以来，工业革命改变了人类的生活方式，同时也改变了人对大自然的态度。从传统对大自然敬畏的观念，转变为对大自然征服的雄心。于是人类除了与兽斗与人斗外，又增加了与天斗。

　　尤其进入二十世纪以来，科技上的种种辉煌成就，更加助长许多人盲目摇动科学兴国的旗帜，呐喊着人定胜天的口号，把征服自然的美梦，演变成无比荒谬的自大；一向相安无事的人与自然关系，开始产生了裂痕。

　　其实，人是自然万物中的一分子，人类社会是大自然中的一环，大自然岂可征服？大自然只能顺应！事实告诉我们，只要对宇宙的法则了解愈多，对大自然的本质就会愈加敬畏；只要对大自然愈保持谦卑，人类才能愈活得心安理得。我们敢断言：对大自然采取对抗，只会引起大地的怒吼与大自然的反噬。等大地怒吼了，大自然反噬了，人类也就大难临头了。

九二一大地震虽然不是什么大自然的反噬，也不是什么人类对抗大自然的结果，但是我们曾数度进出灾区，目睹大地咆哮的威力，所以我们更彻悟了人类的渺小与人生的无常。我们不禁要问："茫茫宇宙，谁主沉浮？滚滚红尘，谁得自在？"

对于九二一震灾所造成的惨重伤亡，大家内心同感哀恸；短短二十多秒钟的天摇地动，亲人永别了，家庭破碎了，财富瞬间化为乌有了，大地顷刻间变色了。

灾民的痛就是我们的痛，灾民的苦就是我们的苦，灾民以付出惨痛的代价来提醒我们应该注意对大自然保持敬重；灾民用苦难的示现，告诉我们人与人之间应该相互扶持。敬重要用诚，扶持要用爱，当震灾发生后，整个台湾立即陷入了一片悲情之中，其间如果有些许值得告慰的事，那就是社会大众的爱心在此时适时涌现，足以显示一向冷漠的台湾，爱心仍然未死。只要爱心不死，台湾还是充满希望，民间还是充满活力。

现在，赈灾的救急工作已进入尾声，安顿与复建工作才刚开始，我们希望公家机关善用民间的力量，鼓舞慈善团体投入灾区的复建。换句话说，民间能做的，就让民间做；民间做不到的，公家机关应倾全力去做。现在已不是官与民争或民与官争的时候了。

民气是可用的，如何善用民间高昂的爱心士气，是公家机关应该思考的课题。大有为的公家机关应该是心胸开阔的公家机关，对灾民与灾区进行兴利，最是当前急务。

证严法师说："灾民是一时的灾难，不是一世的落难。"如何协助灾民在很短的时间内重新站立起来，如何帮助灾区在不久的将来重新展露更佳风貌，都是全体民众全力以赴的方向。

赈灾的工作尚未落幕，复建的挑战才刚开始，有心就有力，有爱就有福，希望大家一起用务实的行动与作为，向世人证明，台湾是经得起考验的。

我们知道慈济基金会已经拟订了"九二一大地震慈济赈灾复建专案计划",从安顿工程、希望工程、健康工程与社区文化暨其他公共工程等四大项目,积极投入灾区的复建;其中,仅希望工程一项就预计投入近七八十亿的经费,整个赈灾与复建计划的总金额直逼百亿(新台币)。

这并不表示慈济已募得那么多的赈灾款项,我们知道慈济所募得的金额,与该计划的预算总额还有一段距离,慈济之所以提出这样规模庞大的赈灾复建计划,是因为慈济勇于承担,敢于尽责而已。慈济的勇气诚然可嘉,但社会大众给予实质鼓励与支持才更为重要,因为这样,才能让慈济有足够的力量承担起想承担的使命。

——本文为《地震岛的生命力》(慈济人文志业中心出版,二〇〇〇年)序文

人生笔记

生命遇上生命,会发出光耀,带上磁性。
而一旦孤立,磁性就消失。
生命愈是和自身不同的生命交复在一起,
就愈增加与他者存在的联系,
增添力量、幸福和丰饶,变得活生生的。

——密修莱

当生命遇上生命

　　人总是不断追求完美，其实世界上哪有完美这回事？

　　追求完美的人，本身就不完美，又哪里知道什么是完美？

　　不知道什么是完美，完美就变成一种虚幻。既然是一种虚幻，又哪里可以强求？

　　或许在每一个人的心目中，都有一个完美的偶像。偶像在一个人的感情世界里，总是完美无缺的。纵然在理性客观上，偶像确实存在着不少不可否认的缺点，但是也许因为感性主观上的偏爱，会把偶像的缺点合理化为优点。

　　"情人眼里出西施"这句话，你可以不认同，但热恋中的情人却奉为金科玉律。在情人的心目中，对方的一颦一笑，总是让人销魂；对方的一喜一忧，总是牵动另一方的心情。

　　当然，除非有坚定不移的情爱作基础，否则这样的完美与无缺，很快就会灰飞烟灭。当热情消退后，就是感情疲乏时；当新鲜不再了，厌恶之心就萌生了。

　　只有认识世界不完美的本质，才能坦然面对这个世界的瑕疵；认识"人不可能有完美"这一事实，才会愿意包容或接纳每一个人不完美的那一部分。

　　再杰出的人都会有不完美的一面，要欣赏他那杰出的一面，就必须去忍受他不完美的那一面。就像你愿意娶一位美貌的太太，就意味着你愿意忍受她那每天必须花很多时间去打扮的缺点。

　　或许你所欣赏的人，只有一个优点，却有百般的缺点，除非你改变对那个人的观点，否则你还是会对他的诸多缺点睁一眼，闭一眼，装做没看见。

提出万有引力的科学家牛顿，是无数物理学家心目中的偶像，在物理学辉煌成就的光环下，大家都看不见他的缺点。一定要等到光环消退了，才会发现原来他内心深处还有许多的黑暗。

几乎所有了解牛顿一生的人都知道，他除了提出"万有引力"以及出版影响深远的《数学原理》一书，让他光芒四射外，在人际关系上，他可说是一位彻头彻尾的失败者。他晚年的大部分时间，都在和别人的激烈争吵与纠纷中度过。

首先他曾和皇家天文学家约翰·夫莱姆斯梯德发生冲突，并抢了夫莱姆斯梯德的研究成果，准备让爱德蒙·哈雷出版，最后被夫莱姆斯梯德告到法院，并被命令："不得散发剽窃他人成果的著作。"

之后牛顿又和德国哲学家莱布尼兹（Gottfried Wilhelm Leibiz），就"微积分"发现先后问题，发生严重争吵。牛顿利用位居皇家学会主席的特权，运用皇家学会的力量，让莱布尼兹含愤而终，而且还洋洋得意地宣称，他伤透了莱布尼兹的心。

离开剑桥大学和学术界之后，牛顿又活跃于"反天主教运动"，并在议会中呼风唤雨。最后他又获得皇家造币厂厂长的肥缺，作为政府对他的酬庸。在掌管造币厂期间，他还是不安于分，使用他那不老实和讽刺的才干，成功地导演了一场反对伪币的重大战役，甚至将几个人送上了绞刑台。

尽管牛顿有这样人格上的缺点，只因为他在物理学上震古烁今的伟大贡献，使得他的缺点变得不足挂齿。他在物理学上的创见，扩大了人类的知识领域，把人类的历史推上崭新的台阶。于是"立功"盖过"立言"、"立德"，牛顿因此可以不朽，他的人格缺点可以被视若无睹。

看人，要大处着眼；做事，要小处着手。每一个人都有缺点，正如每一朵花都无法完美一样。只要优点多于缺点，这个人就是贤人;优点提升到最大程度,缺点降至最少程度就是圣人。而只要有任何一丝一毫优点的人就是好人;全然没有优点而有不少缺点的人才是坏人。以这样的观点看,世界上应该没有一个坏人,世界上应该都是好人,因为世界上没有哪一个人只有缺点,没有优点。何况只要有心,缺点也可以转化为优点,坏人也可以转变为好人。

这就是中国哲学的"性善观",是西方哲学的"人道观",也是佛教的"佛性观"。

二十世纪最伟大的道德哲学家李文纳(Emmanuel Levinas)在一九四九年出版了他的第一本好书《存有与存有者》,他发现"存有"是一种空虚、空洞、"非有非无"的不可名状的东西。

所以他认为:

> 如果"存有"只是单纯的、实在的存在,而全无"应然"的意义,"存有"就只是孤离。

这是一句非常深刻的话,就像诗仙李白所说的"天生我材必有用"的观念一样。天生万物,既然"存有",一定有他"应然"的意义;没有"应然"意义的"存有"是不会存在的。

人类的进步,许多是来自哲人的正确指引,但也有很多来自前人错误的启示。正确的指引固然有其正面的贡献,错误的启发也有其正向的价值。"以铜为镜可以正衣冠;以史为镜可以知兴替;以人为镜可以明得失"就是这个道理。

"存有"既然有其"应然"的意义,那么,什么是"应然"的意义?人类究竟为什么而活,仅仅是为了生存而生存吗?如果这样,人类的存活,跟其他动植物的存活又有什么差别?

宇宙虽然广袤无边,时间虽然亘古无终,可是截至目前,人是人类所知的唯一"智慧生命",如果不是有某种"应然"的生存意义，人类就不能成为地球上独一无二的智慧生命。

人类"存有"的"应然"意义，应是"为他人而存在"。这是一种纯然的道德关系，就如李文纳总结了他的系列研究指出的：

> 道德关系不可化约，道德关系不是从归纳得来；它不是艺术品，更不是任何事物的产品。道德关系无法从存在本身推演得出，亦无法从知识中得到证明。道德关系是前本体论与前知识主义的关系。在道德关系里早就蕴涵了"为"（for）这个元素：我为他人而活，我为他人而承担责任。

不管你承认也好，否认也罢，都不能漠视你是在"为他人而活"的这一事实。你可能为你的父母而活，为你的爱人而活，为你的子女而活，为你的尊长而活，为你的朋友而活，为你的同胞而活，或为整个人类而活……总之，每一个"存活"的同时，都在为他人承担责任。因为人不可能孤离，不可能不与他人发生关系。

有"非洲丛林圣者"与"人道战士"之称的史怀哲医师还在大学生时，有一次学校放假了，他回到家里享受天伦之乐。一天早晨，他观赏窗外初夏美丽的庭园，沉醉在温暖的幸福之中，他不禁想着："我真幸福，父母慈祥，家境也好，而我又能尽情去研究自己所喜欢的学问和演奏风琴……"

想到这里，突然有这样的一个念头掠过他的脑海："这样可以吗？我可以把这种幸福视为自己应得的吗？"

于是史怀哲落入沉思，窗外小鸟啼声不绝，花朵还是怒放，须臾之后，浮现在他脑海里的是耶稣基督的一句话："凡要救自己生命的，必丧掉生命；凡为我丧掉生命的，必得着生命。"

刹那间，宛如天启般的声音贯穿了史怀哲的全身，冥想片刻后，他下定决心："三十岁之前，我要专为学问和音乐而活，其后，我要把我的一生直接奉献给人类。"

果然，在三十岁之后的一生里，史怀哲为非洲的黑人承担责任，他几乎都是为非洲的黑人而活。这就是存活的"应然"意义，失去了这样的意义，存活就成为空幻、虚无，毫无价值可言。

法国历史学家密修莱在他所著的《民众》一书中说：

> 生命遇上生命，会发出光耀，带上磁性。而一旦孤立，磁性就消失。生命愈是和不同自身的生命交复在一起，就愈增加与他者存在的联系，增添力量、幸福和丰饶，变得活生生的。

这确实是真知灼见，只有洞烛人类历史源流与发展的历史学家，才能对生命体会得如此深刻，对生命的意涵了解得如此透彻。

这就是为他人而存活的"应然"意义，是先本体论与先知识主义而存在的。

人的本质既然是"为他人而存活"，是"为他人而承担责任"，就应承认人有不完美的地方，也应知道自己有不完整的缺陷。

前者就"待人"来说，是包容；后者就"待己"来说，是戒惕。

换句话说，人与人之间要有生存共同体的观念，也要有谁也缺少不了谁的认知，这就是李文纳所强调的"邻近关系"的概念。

李文纳认为："我之所以对人有责任，不是因为我允诺了责任。"他说："我之所以有责任，纯粹是因为他人与我如此邻近。因为邻近，所以有责任。"

"邻近"概念是李文纳伦理学的重要基础之一，它与血源、地域等概念所衍生的亲近概念完全不同。或许可以这样说：李文纳所指的"邻近"概念是共同体主义的概念，而后者所指的概念是部落主义的概念。

人类要有生命共同体的认知，才能突破部落主义的狭隘。人类所生存的地球虽然广阔，但比起无边的宇宙来说，地球犹如沧海一粟，渺小得微不足道。

欣赏别人的长处，忘掉别人的短处，才能心甘情愿为别人而活。减少自己的短处，增加自己的长处，才能让人心甘情愿为你而活。人与人之间，不管识与不识，总是生活得如此邻近，又哪里能够孤离，又岂可装做冷漠？"落地为兄弟，何必骨肉亲"，陶渊明的诗句不正道出人类生命共同体的精义吗？"无缘大慈，同体大悲"的佛陀精神，不正是人类存活的"应然"法则吗？

天边的星星在闪烁，四周的昆虫在鸣叫，怒开的花朵绽放芳香，人与人的心灵在悸动与激荡，我们岂可说不为他人而活！事实上，在这个世界上又有谁只为自己而活？你不能，他不能，我也不能。生命与生命之间是如此地紧系在一起，当生命遇上生命的时候，人类才有历史可言，人类才有文明可说。当我们看繁星，听虫鸣，闻花香时，我们已和大自然融为一体了；当我们的生命和别人的生命交会在一起的时候，我们就成为生命共同体了。此刻我们就可以向仇恨说再见，向冷漠挥手告别。

安息在大自然的运行中

"不怨天"，容易；"不尤人"，难；"不怨天不尤人"，更难。

古人说："逆境顺境看担当"。逆境来了如此，顺境来了也如此，这就是逆来顺受。逆来顺受的人生，才是乐天知命的人生，才是心灵安顿、宁静致远的人生。

有一次我们到了常年干旱、鲜获甘霖的中国大陆甘肃省考察，山区的农民面对干旱的苦境，只淡淡地说了一句话："老天爷不帮忙，我们只好辛苦一点，到四五华里外的山沟去挑水了。"

他们说这句话时，脸上看不出一点怨天尤人的神色，却反而把它看成像吃饭、睡觉那样的平常。

其实，了解他们为了挑两桶不够我们冲一次澡的水，必须沿着崎岖不平的山坡小径，跋涉两三公里的路程，到山壑水洼处很珍惜地一瓢一瓢舀起慢慢从地下渗出的水，你就会有无比的震撼与感动。

他们舀满两桶看似不起眼的水，至少需花半小时以上的时间，由于全村只靠这一个水源过活，排队等候舀水的人又多，所以每挑一趟水，必须花上三个多小时。为了生活的最低需要，他们每天必须挑水两趟，上午一趟，下午一趟，一天至少要花六个多小时，似乎他们一生就注定要在排队、舀水、挑水中度过。虽然如此，可是他们却那样地随心自在，那样地无怨无悔，那样地乐天知命。

在湖北监利县，长江洪峰一波接一波，下游的武汉市险情告急，上级领导为了舍小救大，为了"弃农村，保城市"，决定在监利县破堤分洪。于是监利县人民日夜固守的长江大堤被扒开了，滔滔洪水淹没了房屋，冲毁了良田，冲走了庄稼，灾区的农民变得一无所有了。

当我们到达监利，深入灾区——拜访受灾农民，了解灾情，只听见他们几乎众口一致地说："'弃农村，保城市'是国家政策，如果牺牲了农村，而能保住城市，那也是我们的光荣。"

讲这话时，我们看不出他们有丝毫的矫情，反而可以听出他们悲壮的心声，实在让人动容。

千百年来，大陆农民都是那样懂得知足，那样乐天知命，那样逆来顺受，那样不怨天不尤人，这或许是长年累月与大自然搏斗后的妥协结果吧。心中尽管有无限的无奈，但已把百般的无奈化作单纯的认命了。

认命并不是认输，他们只不过是与大自然同起同落、同荣同枯罢了。

就像黎巴嫩的文学家纪伯伦（Kahlil Gibran）所说的：

> 当你坐在白杨的凉棚下，享受那远田与原野的宁静与秋色，这时候，你应该让你的心在沉静中说："上帝安息在理性中。"
>
> 当飓暴席卷，狂风撼林，雷电划破苍天，大地鬼哭神号时，你应该让你的心在敬畏中说："上帝运行在热情里。"

我们每个人都是大气中的一息，都是大自然丛林中的一叶，我们不得不与大自然一起安息在理性中，也不得不和大自然一同运行在热情里。

这就是对大自然的敬畏，对大宇宙中所有生命的妥协。

共享天地无尽藏

物换星移，草木枯荣，最易勾起人们对时光流逝的感叹。

记得去年冬天身在大陆东北，面对皑皑白雪，枝秃白杨，刺骨寒风，深深领受北风的冷冽，寒冬的萧瑟。几个月后，再度重游旧地，白杨枝枝翠绿，皑皑白雪又化为涓涓细流，在溪河中潺潺流动，春风送暖，不复有冬天的冷杀，不禁让人感叹四季推移的威力，也让人叹服大自然的神奇，惊觉时光的易逝。

每一个人都活在时间的阴影里，每一个人也都抗拒不了时间的流逝，但究竟时间是什么？时间对我们，甚或对整个宇宙究竟代表什么含义？恐怕很少人去思考，也很少人去深究。

文人总是多愁善感，由于多愁善感，所以对时间的流逝着墨甚多。他们从草木的"一岁一枯荣"，从流水的"逝者如斯"，从月亮的"盈虚如彼"，从江浪的"前后推移"，从美人的迟暮，从将军的白发，都可长吁与短叹，都可述怀与感伤。

"人生不满百，长怀千岁忧"，这不就是"人生是苦"的直接诠释吗？红颜老去，将军白发，谁能不对时光的易逝心慌？

> 少年听雨歌楼上，红烛昏罗帐，
> 壮年听雨客舟中，江阔云低、断雁叫西风；
> 而今听雨僧庐下，鬓已星星也，
> 悲欢离合总无情，一任阶前、点滴到天明。

这是宋朝文学家蒋捷著名《虞美人》的词。在这阕词中，很明显地可以看出作者所要倾诉的是什么；而读了这阕词后，读者所能领会的又是什么。

人生三阶段，每个阶段之间，似乎非常漫长，但又似乎恍如昨日。从少年不识愁滋味的潇洒，到壮年汲汲于生活的忙碌，以及晚年空留回忆的无奈，多么悲怆，多么落寞，难道这就是人生？难道这就是时间给人刻下的烙痕？

学生时代作文簿上，时常会发现"日月如梭，光阴似箭"的词句。其实，年轻学子对时光的流逝，通常都不很在意，他们正值青春年少，对时光的流逝，感受总不会很深刻。而他们之所以有"日月如梭，光阴似箭"的词句，绝大部分都是人云亦云，对他们来说不会有多大的含义。

"光阴似箭"是文人用来说明光阴快速流逝的比喻。事实上，"光阴似箭"不只是比喻，而且是真实。

科学家总是比文人实事求是，总是较能把握住"有几分证据，说几分话"的原则。《时间简史》作者霍金（Stephen W. Hawking）就曾这样说过：

> 科学定律并不能区分前进或后退的时间方向。然而至少存在有三个时间箭头，去将过去和将来分开。

在科学家的眼中，时间确实有箭头的存在。既然时间有箭头，当然就会有箭头掠去的方向。霍金告诉我们时间箭头的三个方向是：

> 一是热力学箭头，也就是无序度增加的时间方向；二是心理学箭头，即是在热力学箭头的时间方向上，我们只能记住过去而不是将来；三是还有宇宙学箭头，也就是宇宙膨胀而不是收缩的方向。

虽然时间有上述三个箭头方向,但归纳起来,还是一个方向,而不是三个方向,因为它们是"异称而同向"。所以科学家说:

> 我们指出心理学箭头,本质上应和热力学箭头相同。宇宙的无边界假设,预言了定义很好的时间的热力学箭头,因为宇宙必须从光滑、有序的状态开始。并且我们看到热力学箭头和宇宙学箭头的一致,乃是由于智慧生命只能在"膨胀相"中存在,"收缩相"是不适合于它的存在,因为那儿没有强的热力学时间箭头。

可见时间的箭头虽然有三,其方向则一。时间总是有去无回的,总是从简单到复杂,从有序到无序,从过去到未来。这就是为什么人们总是可以记忆过去,而不是记忆未来的原因。

根据物理学的原理,科学家又把时间区分为"虚时间"和"实时间"。科学家说:

> 当人们试图去统一引力和量子力学时,必须引入"虚"时间的概念。"虚时间"是不能和空间方向相区分的。如果一个人往北走,他就会转一圈并朝南前进;同样的,如果一个人在"虚时间"里向前走,他应该能够转过来并往后走,这表明在"虚时间"里,往前和往后之间,不可能有重要的差别。

这段话的意思是说:在"虚时间"里,时间前进之后,亦可能回头,这也就是人们梦寐以求的"时间倒流"。

如果时间能够倒流,那么死人可以变活人,年老可以变年轻,从桌上摔到地上的破碎杯子,可以复合后跳上桌子……一切现象背离时间的自然定律，可能要让整个宇宙不知所措。

好在这种"虚时间"在现实的宇宙中是不存在的，科学家小心翼翼地解释说：

> 当人们考察"实时间"时，众所周知的，在前进和后退方向存在有非常巨大差别。过去和将来之间的差别从何而来？为何我们记住过去而不是将来？

要解释这些疑问，还是必须引用科学家所指出的："时间箭头总是向前的，宇宙总是不断在膨胀中。智慧生命也只能在宇宙膨胀当中存在。"了解了这些道理，我们才能坦然接受时间不可能倒流的事实；才会勇于接受人类从出生到死亡的正向过程。

承认宇宙的壮阔，知道时间的无际，相信光阴的有去无回，才会认识人类的卑微与渺小。只有承认人类的卑微与渺小，一些纷争与欲求才会减少，一些关怀与珍惜才会增加。

一千多年前的中国禅学大师雪峰义存禅师在顿悟人生的无常与短暂后，曾写下了这样的诗句，警惕大家要"虚其心以处事，修其身以做人"：

> 人生倏忽暂须臾，浮世哪能得久居。
> 出岭才登三十二，入闽早已四旬余。
> 他非不用频频举，己过应须旋旋除。
> 奉报满朝朱紫贵，阎王不怕佩金鱼。

人生苦短，何须在人我是非中虚掷时间。时间虽然有去无回，但人的精神未必与时长眠。"世间公平唯白发，贵人头上不曾饶"，时间总是大公无私，不论是贫民、是富人，是高官、是百姓，一律给多少就多少，给多久就多久，至于真正能拥有多少，能保有多久，就要看每个人对时间的运用与掌握而定了。

作为智慧生命的人类，对时间的觉悟应该比其他物种来得敏锐。诚如庄子所说的：

> 井蛙不可语于海者，拘于虚；
> 夏虫不可语于冰者，笃于时；
> 曲士不可语于道者，束于教。

井蛙和夏虫受时空的限制，对时间的警觉性不高，它们自然不会想到"不朽"的问题。而"曲士"——迂腐的读书人——虽然跻身知识分子之林，可是不能跳脱"时空八股"的框框，还是没有办法悟出不朽的真理，这和井蛙、夏虫也没有两样。

想突破时空的重围，让必死的生命不朽，让生命活得更自在，就必须学会"放下"，就必须体悟"无生"。湖北武汉归元禅寺，有这样一副对联，或许值得大家深思：

> 见了便做，做了便放下，了了有何不了；
> 慧生于觉，觉生于自在，生生还是无生。

佛教讲求"众善奉行，诸恶莫做"，见了好事，便去做；做了好事便放下，这是何等自在！觉悟人生的短暂，利用短暂的人生进德修业，留下精神上的不朽，这样就可了生脱死，就可达到"生生还是无生"的境界。

苏东坡在《前赤壁赋》中，有一段撼动心灵的话，不仅极富哲理，而且深具禅味，不妨推敲：

> 苏子曰：客亦知夫水与月乎？逝者如斯，而未尝往也；盈虚如彼，而卒莫消长也。盖将其变者而观之，则天地曾不能以一瞬；自其不变者而观之，则物与我皆无尽也，而又何羡乎？且夫天地之间，物各有主，苟非吾之所有，虽一毫而莫取。惟江上之清风，与山间之明月，耳得之而为声，目遇之而成色，取之无尽，用之不竭，是造物者之无尽藏也，而吾与子之所共适。

能有这样洒脱的认知，这样自在的态度，这样欣赏大自然恩赐的襟怀，又何惧乎时间的冷漠，何在意时间的易逝，何须有"对酒当歌，人生几何；譬如朝露，去日苦多"的感叹呢？

不论你悲观或乐观，不管你希望或失望，虽然时间的箭头总是向前推移，但每天旭日还是东升，每年草木还是再绿。山月照，晓风吹，我们何不学习哲人的洒脱，把名与利，付之天，共享自然法则的无尽藏呢？

李爷爷和他的故乡

慈济人都叫他李爷爷,其实他的名字叫李宗吉。

李宗吉先生是厦门人,但他的大半生都是在台湾过的。厦门是他出生成长的地方,台湾是他安身立命、成家立业的所在。

论事业,李爷爷算是个成功的企业家,他的货运船队,纵横四海,为台湾的商机立下了汗马功劳,也为自己的事业开创了辉煌巅峰。

论修身,李爷爷算是个慈善家,他不仅为厦门的教师与学生提供了奖助学金,也为天下苍生付出可观的财力与心力。他对慈济的付出可说毫无保留,却又那样的无求,赢得所有慈济人的敬爱。

每次和李爷爷在一起,都有无限的感动,虽然他体形硕大,行动迟缓,但从来没有听过他说一声累;即使跋山涉水,年轻人都频频叫苦,唯独他没有叫过苦。其实大家都知道以他七十余岁的年龄,一百多公斤的身躯,有高血压与糖尿病在身,走那么远的路程,比谁都要苦,都要累;但他宁可忍受那万分的苦,那万分的累,也不要人为他担一分的心。

他有早睡早起的习惯,规律的生活成为他每天的功课。可是每次和他到大陆赈灾,披星戴月的行程,毫无规则的起居与每天晚上冗长的会议,不仅打破了他的规律,而且为他带来了不便。但他仍然事必躬亲,人行亦行,人止亦止,从无例外。

白天灾区奔波,晚上开会汇报,由于事繁嘴杂,会议往往过了他的生理时钟,我们看他困极欲睡,请他先行回房休息,他都故作若无其事,硬撑参与。只有等到实在撑不下去了,还要在众人的请求下,他才带着无限歉意离开会场。

看他胖硕的身躯,从座位上缓缓站起,我们就像看见一座大山缓缓站起一样,当他一步一步走出会场,我们似乎听到巨人每踏出一步的巨响一样,每一声巨响,都震撼了我们的心灵深处。

李爷爷说话,声如洪钟,铿锵有力,就像他爽朗的个性一样。他说一不二,一诺千金的豪气,不仅让和他接触过的人对他产生好感,而且产生信赖。遇有意见不同,双方争执不下时,只要是李爷爷说的,共识很快就达成。

李爷爷爱台湾甚于爱自己,因为他在台湾成家,在台湾奋斗,也在台湾发迹成功。但他也爱他的故乡厦门,因为厦门是他的出生地,是他的成长地。他非常怀乡,也非常念旧,只要和他谈起故乡,谈起童年,谈起陈年往事,他就顿时精神奕奕,侃侃而谈。

在厦门,他还有姐姐、姐夫、甥儿、甥女与许许多多的故旧亲友。早期这些亲友的生活都较为艰苦,李爷爷几乎有求必应,为他们纾困解忧。残破的老家重新整建起来了,姐夫的简陋住房也翻修一新了,亲友的生活获得改善了,他为故旧亲友的付出是那样的多,但从来没有半点骄气。关怀乡亲、与人为善的做人处事特质,不因为他做出了贡献而有变质。

最令人感动的是,每次他回厦门探亲,无论如何他都要居住老家,虽然老家的设备不如大饭店,虽然居住的条件比饭店差得多,但他就是割舍不下那分亲情,割舍不下那分乡亲、土亲、屋亲与人亲。

有一次我跟随他到他常落脚的老家,那确实是个空间不算宽阔的老家。这个目前是他姐夫居住的老家,地处厦门市的闹市区,隐藏在狭窄得仅能容纳一个人的身子通过的巷道与楼梯之后,如果不经指点,谁也不知道窄巷之后别有洞天。

我们几个人跟随李爷爷鱼贯走进窄巷,步上窄梯,出现眼前的是一个迷你型的三合院，正面是主房，左右两边是厢房，每房的面积都不大，坐下五六人就觉得拥挤。

李爷爷这天兴致特别高昂，有朋自远方来不亦乐乎，他那好客的个性，不顾住房的简陋，兴致勃勃地带我参观了他与李妈妈每次回乡时所住的"闺房"。大约十平方米大小的房间，摆设了一张带有蚊帐的老旧木板床，这就是他晚上睡觉的地方，他那超过一百公斤体重的身躯，躺在木床上，恐怕要嘎嘎作响；但李爷爷却不改其乐，要和他的亲人共苦同甘。

提起李爷爷念旧的那股劲儿，没有人不感动。他念旧的那股情怀已经到了死心塌地、刻骨铭心的地步了。

尽管在台湾过着优渥的生活，事业有成，子女也都成龙成凤，颇能克绍箕裘，但他仍忘怀不了故乡的人、故乡的事、故乡的物。他曾特地回到他念过的小学流连半天，曾花了许多时间打听他师长的下落，曾不厌其烦地倾听母校的需求。他对部分校舍的改建惆怅不已，对师长与同学的代谢感伤万分，每次提到上学的情形，都足以让他陷入久久的沉思。这是一段艰辛的求学过程，也是唯一求学的甜美回忆，因为离开小学后，他再也没有机会进学校了。贫穷，斩断了他迈向初中之路；国难，粉碎了他继续求学的愿望。难怪他对这所唯一的母校，会有那样深厚与香浓的情怀；难怪他每年要为莘莘学子提供千名奖学金，也要为待遇菲薄的老师提供数百名的教学补助金。

李爷爷对故乡的爱，具体而微地投射在对故乡的事物上，尤其对故乡的小吃，他更津津乐道。

其实厦门有的小吃，台湾都有。这些小吃有时台湾的要比厦门的精致得多。可是再怎么样，李爷爷似乎只对厦门的情有独钟，分析原因，无他，就是对故乡无与伦比的爱。

和他到厦门，他总以主人自居，只因为厦门是他的故乡。既然是主人，他就要让客人宾至如归，要让客人尝尽故乡美味。

回到厦门，他住在老家，我们住在宾馆，无论两地相隔多远，他总是一再叮咛早餐会为大家准备。果然每次他都提着保温锅，大包小包匆忙赶到我们住宿的地方。

打开保温锅，他一碗一碗盛上花生汤；打开大包小包的塑料袋，他拿出绿豆蓉、红豆沙、黑芝麻等各式各样小甜点。他一边催促我们趁热赶快吃，一边解说这花生汤是百年老店做的，那绿豆蓉糕是厦门名产，红豆沙糕是厦门驰名美味，黑芝麻麻薯是难得佳品。在他的眼中，凡是故乡的东西，没有哪一样不具特色，没有哪一样不是最好的。

他对厦门的馅饼尤其青睐，而尝过厦门馅饼的人，都知道厦门馅饼也确实没有辜负李爷爷对它的青睐，不油不腻，不太甜不太咸，入口即化的特色，颇受消费者的欢迎，也颇符合台湾人的口味。难怪每次要离开厦门时，他总还要用强迫的方式，要每位客人带走他赠送的盒装馅饼，这个时候客人不能推辞，推辞了就是不给他面子，尤其是不给他故乡面子。不给他面子，他犹可忍受，不给他故乡面子，他可要跟你翻脸，这就是他对故乡浓浓的爱。

虽然"少小离家老大回"，虽然"乡音未改鬓毛衰"，虽然一切都在改变，虽然往事历历没有一件能够唤回，可是李爷爷对亲人的怀思是那样真切，对故乡土地与事物的爱是那样的执著，似乎时空的变化，丝毫摇动不了他的丝丝情愫。从他的言行、他的表情、他的体贴，我们都可以感受到他那无比的故乡情与对亲人的爱。长者风范是那样的让人感动，每次看到他，都让我想到厦门。他已和厦门融为一体，李爷爷和他的故乡已经合而为一了，这就是李爷爷给我们的另一震撼。

罢　官

对没有当过官的人来说，要他不当官，容易；对当了官的人来说，要他不当官，难。权力的滋味总是让人流连忘返，就像吸食鸦片，一旦上了瘾，要放下，谈何容易。

"邦有道，则仕；邦无道，则隐。""用则进，不用则卷而怀之。"这是古人的为官之道，也是仕途的进退准则。

这道理人人都懂，要力行就非易事，就连讲这话的孔子，都还要周游列国，四处寻求致仕机会，何况是一般凡夫俗子。可见权力的滋味何等迷人，一旦尝到了，又何等难戒。

不过，像陶渊明一样，不为五斗米折腰的人还是大有人在，这是因为他们一生淡泊，官位不高，尚未尝到权力滋味的甘美。也或许就是因为权力滋味的诱因不大，上瘾不深，尚未深陷泥沼而不能自拔，因此能够及时觉今是而昨非，急流勇退，断然回头。这并非"权力不迷人"，而是权力的滋味还未达于让人入迷的程度，等到对权力入迷了，这个人也就无药可救了。

做官需要本事，罢官也需要学问。人世间总是"有人赶考赴京城，有人罢官归故里"，钟鼎山林，人各有志，这本是稀松平常的事。但两袖清风，干净罢官，确实也需要决心与勇气。

> 我悄悄的走了，正如我悄悄的来，
> 我挥挥衣袖，不带走一片云彩。

这是徐志摩的一首大家耳熟能详的散文诗，它飘逸洒脱，有一种了无牵挂的美与一种毫无压力的自在。可是"挥挥衣袖,不带走一片云彩"之后呢?是不是就能像童话故事里的公主与王子一样,从此过着幸福美满的生活呢?

陶渊明罢官之后,"采菊东篱下,悠然见南山",安贫乐道,生活虽然穷困潦倒,但所求不多,"倾生营一饱,樽酒便有余",看似诗样人生,实则抑郁丧志,所以只能终日以酒消愁,以诗寄情了。

郑板桥罢官之后的生活调适,似乎比陶渊明要高明多了。他在一幅《墨竹图轴》中,有这样的题词:

> 宦海归来两袖空,逢人卖竹画清风;
> 还愁口说无凭据,暗里赃私遍鲁东。

这是郑板桥罢官后的心境与自嘲吧。"宦海归来金满床"是平常老百姓对官员告老返乡的刻板印象。而郑板桥却说"宦海归来两袖空",谁能相信呢?即使归来确实两袖空,生活还需"卖竹画清风",但还是会有人怀疑他是贪赃枉法,"暗里赃私遍鲁东"得来的。清官罢官实在不容易啊!

再看郑板桥另一幅《墨竹图轴》的题词:

> 掷去乌纱不做官,归来江上钓鱼竿;
> 问渠钓具从何买,笔底新篁万尺宽。

郑板桥是扬州八怪之一,不仅书画别树一帜,在文坛也颇负盛名,靠着他的书画与文才,就能悠游于文人雅士之中,这是郑板桥之幸,也是郑板桥之所以敢于"宦海浮沉,两袖清风"的原因。

从陶渊明和郑板桥罢官之后的生活际遇,不禁让人有这样的感慨:如果没有三两三,还真的不能两袖清风,轻言罢官呢!谁又敢说罢官不需要担当,不需要本事?就是不知道现在的官员里,究竟有多少人具有这项担当、这项本事。

护身符

　　社会千奇百怪，人间无奇不有，正当许多人高喊"还社会以正义"之际，"社会正义"正在不断被豪门权势剥夺，被乡绅流氓践踏。千百年来，在我们的社会，正义似乎在虚无缥缈间，永远可望而不可及。

　　要找回社会正义，不能依靠在朝的文武百官，也不要寄望在野的斗争烈士。

　　文武百官，官官相护，既得利益岂肯轻易放过，多一事不如少一事的心态，让他们有"讨好了善良百姓，得罪了凶神恶煞"的怯懦想法，权衡得失，还是以维持现状为妙，于是社会正义继续沉沦。

　　擎起改革大旗的政坛斗士，大都为政权而斗争，改革只是用以争权的借口，为达先抓权、后改革的目的，仅知忙于政争，勇于武斗，置社会秩序于不顾，为取得政权，不择手段的斗争方式，社会正义不仅难以平反，反而更陷深渊，实在可叹。

　　有位朋友，整天在新闻传播媒体的耳濡目染下，睡不安眠，食不知味，忧心忡忡地说："还得了！还得了！公家机关和金钱、黑道挂钩，社会正义何在！反政府的人整天以打人为乐，以骂人为业，是非不明，善恶不分，天理又何在！"一说三叹，惶惶不可终日。

　　这位朋友毕生戎马，把一生最精华的青春年华贡献给社会国家，到了暮景晚年，还要为社会乱象操心，为国家前途忧虑，让人感动，也让人于心不忍。

　　我试图安慰他说："您看过《红楼梦》这本小说吗？"

　　他说："看过。"

我说:"《红楼梦》有贾雨村断案情节,您还记得吗?"

《红楼梦》中有关贾雨村断案情节,对官场的丑陋面目描写得相当深刻。大意如下:

贾雨村托了关系,在应天府谋得一官半职,一到任就有人命官司待断。这件官司是冯、薛两家争买一婢引起的,结果薛家财大权高,把冯家的少爷打死了,于是冯家告上官堂,请求还以公道。

本来这件命案并不难断,难断的是薛家的权势,与地方官的徇私相护,让整个命案显得烫手。

初来乍到,新官上任,刚开始贾雨村了解整个案情后,不禁勃然大怒,认为:"哪有这等事,打死人竟白白地走了,拿不来的?"于是便要发签拿人。

如果此时他真的发签拿人,那真要让人耳目一新。可是,就在这时,只见站在旁边的一个门子,向他使了个眼色,不叫他发签。贾雨村觉得事有蹊跷,只得停手,并退至密堂,退去所有的人,只留这门子服侍。

贾雨村问:"方才何故不令发签?"

门子说:"老爷荣任到此,难道就没抄一张'护官符'来不成?"

贾雨村忙问:"何为'护官符'?"

门子说:"如今凡做地方官的,都有一个私单,上面写的是本省最有权势富贵的大乡绅名姓,各省皆然。倘若不知,一时触犯了这样的人家,不但官爵,只怕连性命也难保呢!所以叫'护官符'。"

"方才所说的这薛家,老爷如何惹得他!"门子继续说:"他这件官司,并无难断之处,从前的官府都因碍着情分脸面,所以如此。"

门子一面说,一面从口袋中取出一张抄的"护官符"来,递与贾雨村,上面皆是当地大族名宦之家的俗谚口碑。

贾雨村拿了这份"护官符",衡量了私利与正义,这案的官司怎么断,他已心知肚明了。为了自己的官爵,为了自己的私利,哪里还顾得了社会正义与昭昭天理!

我跟这位朋友说,天下的乌鸦一般黑,人处乱世之中,只有自求多福。

讲这话,虽然安慰的意味多,但心里确实也相当凄然。现在的善良百姓太沉默了,社会正义确实太沉沦了,大家只好在内心里各自祈祷,赶快再出现个"包青天"。

因为大家都有这样的期望,这就可以说明何以包青天连续剧,一经推出就造成轰动,而且愈演愈盛,几乎到了欲罢不能的地步了。

有一次,在泰国看到电视播放当年轰动台湾的包青天连续剧,就问侨居泰国的朋友说:"这是泰国电视台播放出来的吗?"

朋友说:"对啊!包青天连续剧,改成泰国话配音,好红哦!收视率非常高,家家户户都在看。"

这就对了,泰国社会问题也是层出不穷,社会正义也在沉沦,贩毒走私、色情泛滥、黑道横行的情形让人胆战心惊,泰国民众也想寄情于包青天,一吐心中的不平。只要看见包青天铁面无私向黑势力挑战,向乡绅流氓挑战,向作威作福的豪门挑战,向官官相护的官场挑战,就感到大快人心。人同此心,心同此理,台湾岛如此,泰国也如此,我想全世界,所有正义遭践踏的国家或地区都会如此。

"先天下之忧而忧,后天下之乐而乐。"这是范仲淹的名言,可惜范仲淹只有一个,包青天也只有一个,而且都已经作古了,要待"黄河之清",恐怕只得痴痴期待了。

朋友说:"还要等!我已经等了一辈子了,中国已经等了数千年了,究竟要等到何时?盼到何日?"

这就是"先天下之忧而忧"的人的悲哀。但这位朋友说得没错,光是等,还不够,必须要每个人能以当包青天自许,即使不能当包青天,也应以"为包青天摇旗呐喊"自期,让勇于作包青天的人获得应有的掌声与支持,社会正义才有重见天日的一天。

像贾雨村空有"事关人命，蒙皇上隆恩，起复委用，正竭力图报之时，岂可因私枉法"的理想，最后不免屈服于权势之下，对社会正义何补？充其量仅能说是正义之贼了。

今天，不仅做地方官的要有"护官符"，做生意的要有"护商符"，恐怕善良的老百姓也要有一张"护身符"了。如果真的社会正义难找回，那就劝大家赶快去找"护身符"吧！

老百姓的"护身符"有好几种：一种是投靠权重势大的在朝"高官"；一种是投靠敢冲敢打敢骂的政坛"烈士"；一种是投靠拥枪自重，盘踞一方的黑帮老大；要不然就"用金发银"糊个护身符吧！反正"有钱能使鬼推磨"，在台湾的社会里，有什么是钱办不通的？

本来要安慰朋友的，但说着说着，自己也不免感叹起来。这个年头，有时学学阿Q也还不错，以"鸵鸟心态"蒙混自己不也可以过日子吗？要不然就长嘘短叹，发发牢骚一样也可以一抒胸中郁闷呀！但千万别一直闷在心里，闷久了，坏了身体，谁来可怜你？这个年头，还是自求多福吧！

傲　　慢

在我们"先入为主"的主观偏见中，总认为伟大的哲学家或科学家都是傲岸不群，不拘礼节，不修边幅的。甚至有人认为，就是因为他们能够傲岸不群，不修边幅，不拘礼节，才能成其为哲学家或科学家。

其实，成为伟大哲学家或科学家，与不拘礼数或不修边幅之间，实在毫无直接必然的关系。历史上生活严谨、不逾礼节的哲学家与科学家也比比皆是，这些哲学家与科学家的成就与贡献，也都光环耀目，影响深远。

《大自然的猎人》作者，美国博物学家威尔森（Edwark O. Wilson），是生物学界出类拔萃的科学家，他不仅学术成就辉煌，也极为重视礼数。在《大自然的猎人》一书中，他有所感慨地指出：

> 我这辈子在待人接物方面，是绝对重视礼数的。但我却发现，我日常相处的那批棱角分明，社会化不足的科学家群中，少有人重视这一套。

在我们的社会中，大家总以为只有才华洋溢的人，才会表现出那种傲慢与狂妄。但别忘了，也有许多功成名就的伟人与天才，一生中都谦逊待人，恭谨处事。

威尔森感叹地说：

> 我最瞧不起的，便是傲慢以及目中无人的态度。这种恶劣

的态度，经常出现在许多聪慧的知名人士身上。

社会大众对傲慢及目中无人的聪慧知名之士，即使百般厌烦，但因为出于惜才与爱才的心态，往往抱以某种程度的容忍。而容忍度的大小，当然要看这些聪慧名士所做贡献度的大小而定。那些贡献度小又傲慢无礼、目中无人的，充其量只能满足他自我狂妄的虚荣心，最是让人生厌。

遗憾的是，这种虚张声势，故作不群的人，不仅在学术界为数不少，在艺术界、文化界也几乎泛滥成灾。如果你"有幸"遇到这种人，请不要生气，也不要无奈，就把他当做"井蛙式"的小丑，好好欣赏他们夸张式的幼稚表演吧！想想看，在各领域中，在各行业里，不都有这号人物的存在吗？只要看多了，想开了，也就心平气和，见怪不怪了。

道　情

　　古今文人雅士与天下痴情男女，总喜欢吟诵着"问情是何物，直教人生死相许"这样的词句。

　　想要解开"情是何物"的谜，我们不能依赖哲学家，更不能依赖文学家。哲学家会把"情"逻辑化；文学家会把"情"浪漫化，都难以道出情的纯与真。

　　人类愈文明，社会愈进步，情之一字就愈会被浊化与矮化。这种情形，自诩为文明的人，表现愈甚。

　　"礼失求诸野"，情的纯与真，恐怕只有在所谓的蛮荒之域或所谓的弱势族群之乡，才能得到贴切的诠释与阐扬。

　　让我们来看看贵州山区的苗族情歌，看看他们的青年男女，如何率真地表达心中的浓情蜜意：

　　　　春节欢乐吹芦笙，男女老少数不清。
　　　　六天六夜赶一场，人山人海在场上。
　　　　虽然我和人说笑，眼睛总是把你瞧。
　　　　虽然我和人嬉闹，心里总是跟你跑。

　　苗族青年，情有独钟，心系伊人的感情，赤裸裸地表露无遗，他一心一意，心无旁骛，唱出了对窈窕淑女的心仪与爱慕。

　　当然，他们也会进一步将自己内心的感情世界做了大胆的表白：

　　　　情妹啊！我爱你，就像爱一种最珍贵的宝。

> 这东西是宝中宝，不知拿到哪里藏才好。
> 藏在怀里吧，又怕衣服盖住了；
> 顶在头上吧，又怕风来吹去了；
> 捏在手里吧，又怕大意失掉了。

这种患得患失的情节，就像天真无邪的稚童，拿到自己心爱的东西后，不知往哪里摆，朝何处藏，生怕被别人抢走，又怕别人不羡慕一样，歌词中那种珍爱与疼惜的心情溢于言表。

苗族的青年男女，也常用自问自答的"恋歌"，道出了彼此对情的执著与对爱的生死不渝：

> 情妹啊！我俩变成什么好？
> 变成竹子根连根，竹子出土身挨身。
> 若是被人砍去做芦笙，我俩又得身挨身。
> 跳舞在一起，唱歌同音声。
> 世上如果有别离，那由别人身上去发生。
> 如果硬要我俩分别离，除非世上无芦笙。

欣赏苗族青年男女的情歌，除了分享他们诚挚的情感外，也分享了苗族源远流长的文化与千锤百炼的心地风光。他们唱歌、跳舞、吹芦笙，他们不问情是何物，因为他们已经知道情是何物了；他们不说生死相许，因为他们早已生死相许了。他们情真意切，不做丝毫粉饰，不屑以假乱真，这才是原汁的情、原味的爱吧！

繁星默然静立

> 黑夜就像一个黑孩子,
> 诞生于白昼的母亲。
> 繁星簇拥着它的摇篮,
> 凝望着它,默默地静立着,
> 唯恐它醒来。

印度哲人兼诗人泰戈尔(Rabindranath Tagore)说:"我愿意继续吟咏这样的诗歌,科学却付之一笑。"

他说:"科学反对我说繁星静立。"

"假如这是错的,那么该致歉的不是我,而是那繁星。显然他们默默地静立着,这是无可辩驳的事实。"泰戈尔说。

"或许科学会说:'当你以为繁星静立时,那只证明你离它们太遥远了。'"

"我的答复会脱口而出:'当你说繁星飞旋时,这只证明你离它太近了。'"

我想,泰戈尔无需和科学抬杠,我也认为心灵感觉是神秘的,是主观的,是浪漫的,是与天地万物打成一片的,一旦科学插手,就破坏了人生的美感和心灵的神秘。

站在欣赏人生的立场,我还是同意泰戈尔"繁星默默地静立着"的说法;甚至我还是宁愿吟唱那"明月几时有?把酒问青天;不知天上宫阙,今夕是何年?"的诗句,不管科学同意不同意月亮有无嫦娥，也不管科学同意不同意天上有无宫阙，只要有那发自心灵深处的感伤与赞叹，就能显现大自然的浩渺与静美，也才能抚平倏忽一生的苦痛与创伤。

蚕的启示

大家都知道居里夫人是位伟大的科学家,但很少人知道她的伟大是从分分秒秒的鞭策中得来的。

居里夫人曾经这样自述:

> 有一年春天,我因病被迫在家里休息数周。我注视着女儿所养的蚕,它们正在结着茧,这使我极感兴趣。望着这些蚕固执、勤奋地工作着,我感到我和它们非常相似。像它们一样,我总是耐心地集中一个目标,我之所以如此,或许是因为有某种力量在鞭策着我,正如蚕被鞭策着去结下它的茧一般。

看了这段居里夫人自我剖白的话,真让人悸动不已。一个伟大的科学家就是要能耐心地集中在一个目标上,固执而勤奋地工作着,这应该就是居里夫人能在科学界领袖群伦中,声望一直屹立不摇的真正原因吧!

美国大发明家爱迪生,从十几岁开始一直到年老,每天工作都超过十六小时以上。

有人问他:"这样工作不会疲倦吗?"

他说:"我一生从来没有工作过,我一直都在享受。"

把工作当作一种享受,你会发现爱迪生就是这样成功的;把失败当作一种挑战,你会发现爱迪生就是这样生活的。

两位伟人,同样的生活态度。这让我们觉悟到生活在期待中的人,永远没有成功的机会。同样的十年,有人坐视它悄然而逝,也有人能轰轰烈烈地闯出半壁江山。

人世间有两种人只是在浪费生命,一种是一直沉浸在过去的人,一种是永远憧憬着未来的人。回忆过去与憧憬未来,只会使现在变得空白。扎实的生命应该是从"现在"开始,把握分分秒秒,才能成就灿烂的人生。

十九世纪美国诗人朗费罗(Henry W. Longfellow)的祷词,或许值得我们再三玩味:

> 伟大所达到并保有的高位,并不是一飞冲天得来的,而是利用夜间其他人高枕无忧时,向上跋涉的结果。

男女共和

叔本华（Arthur Schopendauer），这位十九世纪西方最伟大的哲学家之一，曾经带着这样严厉的口吻，对女人进行无情的批判："女人都爱奢侈，鲜有例外。"

又说："女人认为赚钱是男人的事，花钱是她们的事。"

于是他总结地说："法律赋予女人和男人同等的权利，就应该同时赋予她们男人般的智力。"

和叔本华沆瀣一气的尼采（Friderich Wilhelm Nietzsche），也同样用轻蔑的口吻说："女人，你的名字叫弱者。"叔本华和尼采这两位西方伟大哲学家会对女人存在着歧视，我们丝毫不感到惊讶，因为在东方的古老中国，最伟大的思想家与教育家孔子，不也早在他们之前就已经说了："唯女子与小人为难养也，近之则不逊，远之则怨。"

考诸人类历史，自父权社会取代了母系社会之后，男人就变得不可一世了。他们不仅用拳头的体能暴力制服女人，也用语言的精神暴力蔑视女人。

其实，女人是不能被征服的，因为在人类社会里，女人必须撑起半边天。如果女人被征服了，男人的世界也就瓦解了，整个人类历史也就乏善可陈了。

在台湾，男女共治的口号喊得满天价响，女人不甘成为"深宫怨妇"，男人不愿坐视"红颜祸国"。于是一场男人与女人的战争，就像星星之火，正燎原般地展开。

男人与女人的战争并非始自今天，所以它并非新闻，也非怪事，

它是从古代延续到今天,从一家延续到一国。地不分东西,人不分老幼,似乎世界各国,男人与女人都各拥兵马,都各护其主,纷纷投入战场。双方要争的已经不只是一口气了,双方要争的恐怕是至高无上的权力了。女人誓言要把过去丧失的权力,连本带利全部要回来;男人则宣称要用全部的力量,捍卫既得的权力与江山。

如果男人说:"女人没有男人般的智慧。"那是男人的傲慢。如果女人说:"男人没有女人般的耐性。"那是女人的偏见。

由傲慢男人的口中说出:"女人没有男人的智慧。"那是抬举了女人。由偏见女人的口中说出:"男人没有女人的耐性。"那是抬举了男人。

如果真的用男人的傲慢与女人的偏见共治一个国家,这个国家又如何能够走出意识形态的迷雾,不能走出意识形态的迷雾,就会陷入治丝益棼的困境。

所以男人与女人,如果不承认自己的傲慢与偏见,不认清自己的狂妄与偏执,一味想追求"男女共治"或一味想捍卫"男人主权",一场男人与女人的战争,就要漫无止境持续地进行下去了。我们认为,现在不应该是强调"男女共治"的时机,现在应该是强调"男女共和"的时候。"共治"是各暴其短,"共和"是各展其长;要求共"治"的念头一出,共"和"的曙光就隐晦了。只有当男人与女人的战争息鼓偃兵,相容互补,共和、共存与共荣的局面才有可能出现。

享受不幸

一位千万富翁，每天非常忙碌，总是不停地工作，也不停地累积财富，可是到了夜深人静，静心下来，又觉得很孤独，很空虚，很不快乐。他心里很疑惑，不断在内心呐喊着："人生在世，辛辛苦苦，究竟为的是什么？"

有一天，他特意走访一位当时非常知名的哲学家，把积存在内心很久的疑惑尽情倾诉，说："我很努力工作，也赚了很多钱，但我始终不快乐，到底人生有没有意义？人生的目的究竟在哪里？"

哲学家平静地告诉他说："过分追求金钱，到头来你会发现你只不过是一个乞丐，什么都没有。因为你已经错过了整个生命的价值和生存的意义了。"

"难道金钱不重要吗？没有金钱，哪里会有幸福可言？"富翁仍然不能理解地说。哲学家微笑说："金钱不是生活的全部；幸福也不是人生的唯一目的。追求幸福而走向极端，你就会变成世界上最不幸的人。"

富翁还是不明白："那么请问究竟要如何，才能成为真正幸福的人？""要成为一个真正幸福的人，就不必过分追求幸福，有时候一个人应该忘记幸福；有时候一个人甚至应该享受不幸，那也是生命的一部分，说不定那是最美丽的一部分。"哲学家说。

我们不知道这位富翁对哲学家的这番话作何理解，有何体悟？

但在滚滚红尘中，许多事例告诉我们：刻意追求幸福，幸福就远离而去；而愈刻意，它就愈遥远。因为一有"追求"，就有烦恼，"追求"得愈甚，烦恼就愈盛，幸福就愈渺茫了，哪里会有幸福？

所以唯有忘记幸福，才能忘记烦恼。当然，如果能把不幸当成一种淬炼，把挫折看成是一种成长，把失意看成一种在生命长河中的小小浪花，接受它，欣赏它，享受它，那么真正的幸福就在其中，生命的丰富性也在其中了。

生命有无限的潜能，人生有无限的可能。金钱不是雕塑生命的唯一工具，甜蜜的欢乐与喜悦，不可能是人生的全部；一个完整丰富的生命，不可能没有痛苦。顺境固然可喜，逆境也不尽然可悲，一切唯心造，转个念头，生命的境界就迥然不同了。

穿梭时空，典藏人生

《经典》杂志终于创刊了，对我们来说这是一件大事。

"把《经典》杂志当做一项跨世纪的文化工程来办；不把它当做一般性的杂志办。"这是我们办这本杂志的初发心与理想点。

事实上，办一本杂志不难，但要办一本不媚流俗的杂志才难；而要办一本不媚流俗，又能坚持理想的杂志更难。

《经典》杂志就是一本既要为坚持理想，又要为不媚流俗而办的杂志；它也是要把知性、感性、理性与灵性放在一起熔铸，再提炼，再锤击，再建构而成的一本杂志，里头要表达的讯息是大爱与感恩、关怀与尊重、真诚与美善。

身为人类的一分子，我们常会用自省与自律的严肃态度自问：我们人类究竟从大地万物中取得了什么，付出了什么？为所居住的地球贡献了什么，损害了什么？在继往开来的时空里留驻了什么，浪费了什么？在无言的苍穹，广袤的宇宙中终结了什么，创生了什么？美国天文学家狄基（Robert Dicke）集毕生之力研究宇宙生命与历史后，感慨地说："人类是宇宙的新客。"

但是我们敢断言，如果人类不赶快停止仇恨与杀戮，就会很快地成为宇宙的过客。战争、苦难与死亡似乎一直与人类同在，这是因为人类心中缺乏爱、关怀与感恩。如果有一天人类真的成为宇宙的过客，那么我们一定不能怨天，只能尤人，因为人类生存最大的威胁，其实就是人类自己。

人类文明就像一条长河，我们虽然无法挽留逝去的流水，却可以从中看清自己的面目；人类历史就像一面镜子，虽然可以照清每一个人的面目，但却无法照清紧贴镜面的事物。我们希望借助有如流水的人类文明看清自己，借助有如镜子的人类历史认清其本来面目。

　　文化必须深耕，历史必须传承，生命必须尊重，众生必须平等。我们坚信，在宇宙生命的内涵里，在大千世界的舞台上，宇宙中的所有现象与天地间的一切万有，都是参与者而不是旁观者，它们都曾在其中拼命演出过，献出力量过。

　　基于上述的宏观情怀与多元认知，《经典》杂志不仅要回顾天地万物过去精彩的表现，也要记录它们现在无悔的付出，让大家能从中学习对生命的尊重，对天地的感恩与对万物的关爱。万物并生方是美，天地和谐才是善，我们希望《经典》里头的每一个字都有生命的跃动，每一张照片都有心血的灌溉，每一页篇章都有大爱的力量。

　　办这样的一本杂志，需要勇气、毅力与坚持，当然更需要支持、鼓励与爱护。您的阅读就是对我们的支持，您的关心就是对我们的爱护，您的指教就是对我们的鼓励，希望这本《经典》杂志，能够帮助您认识台湾、认识世界、认识宇宙、认识心灵深处的自己，在人生旅程中开启精彩的一生。

——本文为《经典》杂志创刊序文

神奇的生日礼盒

　　每个人在出生的那一刻，就收到一盒贵重的生日礼物，礼盒里装满了个人一生所需要的一切东西：有爱恨与情仇，也有悲欢与离合；有快乐与笑声，也有痛苦和眼泪；有很多的魔力和奇迹，也有很多的混乱和失序。这项贵重的生日礼物，就是主导一生沉浮的命与运，以及赖以生存的宇宙与世界。

　　当一个人收到这盒礼物时，就是生活的开始，也是筑梦的起点。

　　礼盒里面虽然样样俱全，但你不能样样拥有，你必须有所选择。当你选择了权力，就必须放弃淡泊；当你选择了唯利是图，你就必须放弃灵魂纯洁；当你拥抱了恨，就必然放弃爱；当你结交了魔鬼，你必须远离天使；当你放声大哭，你就不能开怀大笑。

　　选择权完全掌握在每个人自己的手中，没有人能够强迫你，除非你愿意屈服或放弃。当你每做一次选择，都要对自己做一次负责，不论对或错，不论升华或沉沦，不论成功或失败，都不能埋怨别人，别人不能也无法为你的选择负起责任。

　　每一次选择都是一次人生的转折，所谓"命"也者、"运"也者，不是天定，也不是宿命，都是蕴藏在自己的选择中。所以，与其在事后做"时也，命也"的感叹，不如在事前更加慎重于自己的选择。

　　造化送给每个人的礼盒，内涵与数量都一样，这是上苍的公平。每一个人如何运用这份诞生那天就收到的礼物来过生活，过怎样的生活，就看我们从生日礼盒中挑选出些什么，用了些什么，以及坚持了些什么。

其实礼盒中,有一件非常珍贵,却常被忽略的东西,那就是爱。也有一件最卑劣,却常被人类选用的东西,那就是恨。

有恨的地方,绝对不会有爱;有爱的地方,才会有关怀。

关怀是生命的意义所在,爱才是生命的正确焦点;焦点对准了,人生的意义就清晰了。恨是模糊了的焦点,焦点模糊了,人生的意义也就被扭曲了。

像南极上空的臭氧层,由于人类的无知与贪婪而遭受破坏一样,原本色彩亮丽的生命界,也由于人类过多的仇与恨而蒙上了污点,逐渐褪了颜色。

只有爱,才能让生命的亮丽依旧;只有关怀,才能让人性的馨香绽放。古人说:"弱水三千,只取一瓢饮。"我们也要说:"人生礼盒,内容万千,只取大爱一样。"那么,短暂的一生就可以受用不尽了。

笑傲人生

一位名叫阿卜杜拉的哲学家兼宗教家，他一生保持快乐，没有人曾见过他不快乐，每天他总是笑眯眯，似乎他的整个生命就是一种芬芳，整个存在就是一种喜悦。

日复一日，年又一年，他都这样活着。终于他年老了，身体很虚弱了，他就快要死了。他躺在床上，没有愁苦，没有悲伤，仍然快乐地笑着。

他的弟子很疑惑，就问老师说："您现在就快死了，我们都很悲伤，而您却还在笑，这是为什么？难道有什么滑稽的事让您一生笑个不停吗？您一生为什么没有悲伤过，即将面对死亡，您居然还在笑，您是怎么做到的？"

阿卜杜拉笑着对弟子说："这件事情我也曾经问过我的师父，当时我十七岁，而且每天感觉很痛苦，我师父那时七十岁，他坐在一棵树下，无缘无故在笑，那里没有其他人，也没有发生什么事，更没有人讲笑话给他听，而他依然开怀大笑。我问他：'您怎么了？您是不是疯了，您怎么一直无缘无故在笑？'师父对我说：'孩子，我年轻时也曾像你一样悲伤痛苦，但后来我开始明白了，我明白悲伤与欢笑都是自己的选择。悲伤也是我的选择，欢笑也是我的选择，从那天起，我就选择欢笑，这就是生命，这就是我选择的生命。'"

阿卜杜拉说："从那天起，每天起床，我的第一件事是对自己说：'阿卜杜拉，今天你选择什么？是选择痛苦，还是选择喜悦？'结果我总是选择喜悦。"

"现在我把喜悦的秘密告诉你们了,就像我师父告诉我的一样。"阿卜杜拉微笑地说:"至于你们,你们是选择悲伤或是欢笑,那就全看你们了。"

阿卜杜拉讲的一点都没有错,人生短暂,痛苦是一种心情与表情,喜悦也是一种心情与表情;忧愁是一种心情与表情,快乐也是一种心情与表情。心情与表情,都可以由我们自己选择。我们究竟选择身心愉快的喜悦呢,还是选择身心煎熬的痛苦?就要看自己的决定了。

人生如舞台,每个人一生的剧本,都由自己当家做主编写,选择悲剧或喜剧,没有人可以左右你,除非你愿意被人左右。阿卜杜拉的"笑傲人生",或许在我们的心灵深处能引发些回荡与启迪吧。

愉悦的秘密

现代的人好像都生活得很不快乐，马路上人来人往，每个人都紧绷着脸，好像昨晚跟家人吵了一架，早上起来怒气还未消一样。自己带着一副冷面孔，对面迎来的也是一副冷面孔，后面跟着的，还是冷面孔，整个社会都是冷冷漠漠的，整个城市都是暮气沉沉的，尽管车如流水马如龙，但在每个人的脸上似乎看不出一丝希望。

这种情况日复一日，年复一年，一位有心人士受不了了，他去拜访一位智者，这位智者每天看起来都那样愉悦，这位有心人很想知道智者永保愉悦心情的秘密。

智者愉悦地告诉他："没有什么秘密可以告诉你，事情是那么平常简单。只要你开始一天生活的时候，不断提醒自己去爱别人，努力去发现世间美好的事物，设法去欣赏大自然中发生的一切，那么，从外界的反映中，你将发现一个可爱的自我。有了一个可爱的自我，就不会有不可爱的别人，你就懂得怎么去欣赏，怎么去愉悦地生活。"

现在很多人把不愉快的生活，都归咎于生活压力太大。事实上，压力也是自我选择的，你能选择压力，也可以消解压力。压力是一种心情与心态，它可以是阻力，也可以是助力；可以是负面，也可以是正面。

智者的话，已经透露出享受快乐人生的秘密，那就是每天提醒自己去爱别人，去关怀别人，每天努力去发现世间美好的事物，设法去欣赏大自然的美。转烦恼为菩提的秘密就在其中，知足与感恩的欢喜，善解与包容的自在，秘密也在其中。

不想每天愁眉苦脸过日子的人，不妨每天醒来，就不断提醒自己：先把知足与感恩的善，善解与包容的爱，温柔与婉约的美，放到心内；把灿烂的笑容，表现脸上；把赞叹的好话，说在口中；把助人的善行，付诸行动；然后就可以好好准备享受风和日丽，晴空万里的每一天。

这样的人生，又哪里有多余的时间与空间，容纳得下风风雨雨的忧愁与烦恼，冷漠与不快！

红楼梦醒

读《红楼梦》是一种享受,也是一种负担。

享受的是《红楼梦》的文字之美,人物描述得栩栩如生,故事情节引人入胜,充分展现曹雪芹的艺术才华与创作天分。

负担的是书中蕴涵了许多人生的无奈与发人深思的哲理,非有一番寒彻骨的用心,难以领受扑鼻香的个中道理。

整部《红楼梦》要泣诉的是一个"情"字;要勘破的,也是一个"情"字。但看《红楼梦》的人,都只在"情"上打转,忽略了作者勘破"情关"的用心。

古来今往,英雄人物固然不少,凡夫俗子更多。但不管是英雄豪杰,也不管是凡夫俗子,大家都匆匆地来,又匆忙地走,留下的,不是"空"就是"无"。可是来去的过程,大家争的不是"名",就是"利";不是"情",就是"爱"。

名分为"生前名"与"身后名";利分为"自私利"与"天下利"。古圣先贤,英雄豪杰,或许争的是身后名与天下利,但绝大多数的凡夫俗子,争的都是生前名与自私利。

名虽有"生前"、"身后"之别,利虽有"私利"、"公利"之分,但名还是名,利还是利,为名为利的心态并无两样。

《红楼梦》第一回中,提到甄士隐彻悟无常人生,随疯道人飘然而去的情节,让人有"心如秋月"的顿悟。

尤其正当甄士隐连遭顿挫之后,忽闻"疯狂落拓,麻鞋鹑衣"的跛足道人口内念着《好了歌》,心中早就有所彻悟,再经跛足道人稍一点化,自然就大彻大悟了。

跛足道人的《好了歌》究竟有多大的穿透力，居然可以让一个一生在名利情爱场中打滚的人，顿然放下尘缘，隐遁参道去了呢？《好了歌》道：

> 世人都晓神仙好，惟有功名忘不了；
> 古今将相在何方，荒冢一堆草没了！
> 世人都晓神仙好，惟有金银忘不了；
> 终朝只恨聚无多，及到多时眼闭了！
> 世人都晓神仙好，惟有娇妻忘不了；
> 君生日日说恩情，君死又随人去了！
> 世人都晓神仙好，惟有儿孙忘不了；
> 痴心父母古来多，孝顺子孙谁见了！

光是看歌词，就让人心有戚戚焉，难怪甄士隐听了，会主动问："你满口说些什么！只听见些'好了''好了'。"

跛足道人笑道："你如果听见'好''了'二字，还算你明白！可知世上万般，好便是了，了便是好；若不了，便不好，若要好，须是了。"

就这样甄士隐开悟了。我们看他是怎样从《好了歌》开悟的。他为《好了歌》注解道：

> 陋室空堂，当年笏满床；
> 衰草枯杨，曾为歌舞场。
> 蛛丝儿结满雕梁，绿纱今又糊在蓬窗上。
> 说什么脂正浓，粉正香，
> 如何两鬓又成霜？
> 昨日黄土陇头送白骨，

今宵红绡帐底卧鸳鸯。
金满箱，银满箱，
转眼乞丐人皆谤。
正叹他人命不长，
哪知自己归来丧！
训有方，保不定日后作强梁；
择膏粱，谁承望流落在烟花巷！
因嫌纱帽小，致使锁枷扛。
昨怜破袄寒，今嫌紫蟒长。
乱烘烘你方唱罢我登场，
反认他乡是故乡。
甚荒唐，到头来，
都是为他人作嫁衣裳！

有这样的见解与开悟，甄士隐哪里还会贪念红尘，哪里还愿意"为他人作嫁衣裳"。

人之所以成为"凡夫俗子"，病根就在于不能勘破。由于不能勘破，所以会"反认他乡是故乡"，所以会"忘不了功名"、"忘不了金银""忘不了娇妻""忘不了儿孙"。为了这些，人扛起了千斤的锁枷，痛苦地匍匐前行。

佛教禅宗也有这样一则公案：

严阳尊者问赵州："一物不将来时如何？"
州云："放下着。"
尊者说："一物不将来，未审放下个什么？"
州云："看你放不下。"
严阳尊者于是大悟。

后来南禅师有颂云：

　　一物不将来，两肩担不起，
　　言下忽知非，心中无限喜。
　　毒恶既忘怀，蛇虎为知己，
　　寥寥千百年，清风犹未已。

"寥寥千百年，清风犹未已。"这是悟道语。我们似乎从中若隐若现地悟到了一些什么了。

人生苦短，去日苦多，忧愁与悲苦占去人生的绝大半，身为凡夫俗子的我们，固然无需强过"朝饮木兰之坠露兮，夕餐秋菊之落英"的出尘生活，但也不要日夜营营，过着"心为形役"的烦忧岁月。

"蝇头微利，蜗角虚名，谁弱又谁强。"勘破了名利关，放下了沉重的枷锁，或许会顿觉清风皓月，星辰闪烁，轻松了许多。以这种"放下着"的心情看世界，则秋月如镜，清风如洗，何等逍遥，又何等自在。能有这样的体悟，则"涧芳袭人衣，山月照石壁"的人生境界就会豁然而出，在名利丛中，就会出入自在了。

"红楼"梦醒，"好了"惠我，悠悠天地，苍苍白云，喜在眉梢，悟在心头。行文至此，不觉法喜充满，轻松自在。

大爱行纪

世事如潮，自从远古以来，
积累了无穷的因，也造成了无穷的果，
前果又为下续的因，因果相寻，不见了时；
潮来潮去，缘生了，即永远不会灭去。

——许倬云

苏克素护河的呜咽
——辽宁省新宾县勘灾记闻

没有哪一个人不怀念自己的家乡,也没有哪一个人不赞美自己的家园,哪怕是走过千山万水,到过奇景幽境,还是会认为:"山是家乡的翠,水是家乡的甜,土是家乡的香。"

跑遍大陆大江南北,到过山穷老偏地区,尽管我们发现山是穷的,地是远的,水是恶的,乡是偏的,但生于斯、长于斯的当地农民,从来没有咒诅过他们的家园,而是一直歌颂着他们的家乡。他们珍惜家乡的每一砖、每一瓦、每一草、每一木,每一个生于斯、长于斯的朋友与乡亲。

辽宁省抚顺市的新宾县,不算是大陆最贫穷的县,但比起其他发展快速的县市,经济发展还待迎头赶上,人民生活还待往上提升。总结一个印象:新宾,这个满族自治县,是辽宁省东陲的一个中等县,这个县,山多水复,带给新宾荣耀,也带给新宾灾厄。

提起这个县的显赫历史,一时难以道尽,它有不可一世的显赫风光,只因为是清王朝的发祥地,也只因为是努尔哈赤据以崛起的故乡。新宾县人民对这段荣耀的历史,时时挂在口边;对满族的没落,也常常放在心上。新宾县人民对他们的家乡有强烈的认同与高度的欣赏,即使现在它已经沦为偏远穷县了。让我们看看新宾人民如何肯定与赞美他们"可爱的家乡":

> 巍巍的呼兰哈达哟,林涛多雄壮,
> 弯弯的苏克素护河哟,粼粼闪银光。

金风熏得枫叶红，山花野草竞芬芳，
白桦林里百鸟唱，绿柳丛中歌声扬，
好一好，哲一哲，
美丽的赫图阿拉，可爱的家乡。

巍巍的呼兰哈达哟，林涛多雄壮，
弯弯的苏克素护河哟，粼粼闪银光。
老城新城幸福城，山乡水乡百米乡，
四野八荒飞流萤，山上山下尽宝藏。
好一好，哲一哲，
富饶的赫图阿拉，可爱的家乡。

在新宾县人的心目中，他们的家乡，林涛雄壮，河光粼粼，山花竞芳，百鸟齐鸣。是山乡、水乡、鱼米乡，是山上山下尽宝藏，是美丽富饶的地方。

其实，新宾县虽有山峦翠绿的美，却没有他们形容的那样富。但新宾县有一个让他们自豪的理由，那就是他们有一个"赫图阿拉城"，有一座"呼兰哈达山"，有一条"苏克素护河"。

"赫图阿拉"是满语，意思是横岗。努尔哈赤在赫图阿拉建筑了用以向外拓展的都城，虽然清王朝已经衰亡，赫图阿拉城已经残破，可是古城遗迹，仍见雄风，难怪新宾县人民，要引以为荣，并尊称为"老城"。

"呼兰哈达"也是满语，"呼兰"的意思是"烟筒"，"哈达"的意思是山，呼兰哈达就是烟筒山。明朝万历十五年（一五八七），当努尔哈赤崛起，击败各部女真族，成为一方之雄时，最早的都城就是建筑在烟筒山南麓的"费阿拉"城。

努尔哈赤在费阿拉城稳固了势力，壮大了声势，再过十六年才把都城迁移到赫图阿拉。所以呼兰哈达几乎可以说是满族的圣山，是新宾县视为钟灵毓秀的灵山。

　　了解了新宾县人民的自豪，也了解了新宾县历史的殊荣，我们自然对新宾县会予以相当大的注意与关怀，清王朝的老巢，满族人的聚居地，我们对它充满了好奇与兴趣。

　　今年（一九九五年）九月十七日清晨六时，我们一行十一人，从下榻的抚顺宾馆整装待发，准备前往新宾县的水患灾区，实地勘察灾情。人声、车声、喇叭声，很早就划破抚顺市清晨的宁静。中秋节刚过，地处北国的抚顺，虽然还未看到落叶飘零的萧瑟景象，但摄氏五度的气温，已让人感到一股浓浓的凉意。

　　抚顺宾馆前面的马路上，随着朝暾的上移，行人车辆愈来愈多了，骑着脚踏车的上班族，在马路上排成一条巨龙，他们无惧于汽车喇叭声的警告，在十字路口穿梭。搭乘电车上班的人群，他们耐心地在站牌旁等候电车的到来。每当电车来到，只见他们一拥而上，客气的人总是落在后面，强壮的人总是抢在前头，似乎在他们的字典里，从来没有"排队"两个字一样。

　　电车是抚顺的大众交通工具，这种工具在大陆的一些大城市，如北京、南京、西安、沈阳等都有它们的踪迹。一辆电车挂着两节车厢，前头车厢顶上竖立两根粗大的管线连接电线，远远看去，就像车顶上绑着两条辫子一样，所以当地人称它为"辫子车"。这种大众交通工具最大的好处是载客量大，没有空气污染，但缺点是行驶缓慢，故障率偏高，且常受停电影响而停驶。

　　我们的车队从抚顺市区沿着人车倏往的宽大马路朝东而行。抚顺市到新宾县约一百多公里，甫出市郊，远远地就看到偌大的高耸烟囱，冒出巨大的白烟，随着微风白烟袅袅上升，然后向四面扩散，经询问开车的郭师傅，始知道那是辽宁省三大火力发电厂之一的辽宁电厂。发电厂规模相当大，所占面积辽阔，车行数分钟始脱离我们的视线。

此后车子进入了郊区,人车减少了,视野宽阔了,路旁的野花竞放。当车子行经一座远望不起眼的小山时,同行的干部遥指那山说:"张作霖的元帅陵就是坐落在那座铁背山的山脚下。"

铁背山,我们初闻山名;但张作霖,我们久闻其人。从现代史中,我们知道张作霖一生不屈服于日本军阀的威胁利诱,高擎民族大义的旗帜,甚受世人肯定,虽然最后不免遭到日军的暗算,但东北人民对他凛然的民族大义,都存有相当大的敬意。他的儿子张学良在国共两党斗争过程中,曾经扮演了重要角色,并确也激起了一些风波与涟漪。这些历史往事,是非公案,都已随着岁月的流逝与时势的变迁,烟消云散了,西安事变的功过与历史的地位,就留待历史学家去判断吧!

我们沿着横贯抚顺的浑河岸边公路急驶前行,触目所及,看到了洪峰过处的道路与堤防惨遭摧毁的痕迹,良田不复见,民房已倒塌,留下的残墙碎瓦散落各地。

大伙房水库是浑河上游的超大型水库,这次辽宁省洪涝水患,严格地说,大伙房水库也惹下不小的祸。大伙房水库最大蓄水量可高达一亿一千万立方米,平时确可发挥防洪、蓄水、发电的功能。但此次洪涝,因雨势来得猛、来得大、来得快,大伙房水库事前未能适时泄洪,调节水量,正当各条河流宣泄不及的时候,为顾及水库的安全,不得不做调节性的泄洪,于是水库的涛涛巨流如千军万马,卷天铺地奔腾而下。巨大的洪峰让水库下游的地区雪上加霜,水上加水,洪峰所到,摧枯拉朽,道路柔肠寸断,房屋应声而倒,即将成熟的玉米与高粱,连根带土,被冲击得七零八落,桥梁严重断塌,残垣断壁,满目疮痍。

我们行经大伙房水库时,水库水位已低了很多,平时不是水库淹没区的农地,在洪涝期间沉没水中,现在已浮出水面,但那种被淹泡过的残痕，还是让人触目惊心。

沿途，我们也看见农民赶着驴车，踽踽前行，偶尔也看见体型硕壮的骏马，拉着破旧的马车，在主人的驱使下，低着头和我们的车队擦身而过。

此情此景，看了让人感慨万千。那硕壮高大的骏马，生不逢时，如果在一二百年前，它可以昂首嘶鸣，扬竖马尾，奔跑于草原，驰骋于战场；如能巧遇伯乐，说不定还可彩带披身，被洗刷得亮丽出众，被照顾得无微不至。可是，时也，命也，曾几何时，骏马贱价，沦为拉车之流，满身泥泞，垂头丧气，哪还有当年威震八方的雄风？千里良马有志难伸，真要为良驹抱屈。

满族的情形也是一样，当年努尔哈赤叱咤风云，为清王朝打下一片基业。尔后清兵入关，一路势如破竹，积弱不振的明朝军队，望风披靡，清王朝取代了明王朝，满族人趾高气扬，不可一世。但曾几何时，清王朝败亡了，满族人又退居山区了，面对洪涝，引颈待援，那种落寞的心情，有如良驹蒙尘，令人同情。新宾县既是清王朝的发祥地，赫图阿拉既被满族人奉为老城，呼兰哈达既是满族人的圣山，当然清王朝发祥地的新宾就被列为圣地了。

当年的圣地，现在却沦为辽宁省东陲地带的"穷困山地县"，沦为"少数民族县"，沦为"等待救援县"，怎不令人慨叹。此次百年罕见的大洪涝，使得新宾县看起来更残破，更萧条，尤其贯穿新宾县的苏子河下游，靠近大伙房水库的乡镇，洪患来袭时，首当其冲，许多自然村几乎全毁，景象凄凉。

苏子河，满语是"苏克素护毕拉"，"苏克素护"义为"鱼鹰"，"毕拉"为"河"，汉译为"鱼鹰河"。过去以此河鱼多，鱼鹰也多而得名，以后经过演变才称为"苏子河"。该河从西北流向东南，原是浑河水系的支流，大伙房水库即是汇集浑河与苏子河之水而成。

由于苏子河流经赫图阿拉、呼兰哈达，直奔新宾县城，是新宾县的最重要河流，所以新宾县人民赞美地说："弯弯的苏克素渡河哟，粼粼闪银光。"

　　山有呼兰哈达山，河有苏克素护河，城有赫图阿拉城，陵有清朝第一陵——永陵，新宾县可说来头不小，身世显赫了。

　　新宾县在有清一代，宫室、官署、行宫、寺庙、陵寝等古建筑很多，但从未设置专门机构统筹管理和维护，不少古建筑，逐渐颓圮塌废。日俄战争期间，东北成为两国的战场，夏园行宫及赫图阿拉城文庙等建筑均毁于战火，永陵文物也惨遭洗劫，现在新宾的文物已不复当年的繁盛了。目前被列为省县文物保护文物史迹的还有二十一处，其中列为省级保护的有永陵与赫图阿拉城两处。对于永陵，我们仅是惊鸿一瞥，未做全貌了解。据《新宾县志》记载，永陵坐落于新宾县城西二十一公里启运山脚的苏子河畔。努尔哈赤于明万历二十六年（一五九八年）选定这片平阔之地，为其祖辈修筑陵寝。后金天聪八年（一六二四年）始称兴京陵。顺治八年（一六五一年）设管陵官兵。顺治十六年（一六五九年）更"兴京陵"为"永陵"，并加派守护官兵驻守。

　　永陵的陵宫由下马碑、前宫院、方城、宝城、省牲所、冰窖、果楼等部分组成。陵宫周围有红色缭墙，宝城墙高四点六米，方城墙高三点六米，前宫院墙高二点六米。整个陵寝占地一万一千余平方米。

　　清皇室把永陵视为"肇基帝业钦龙兴"之地，故清代祭陵活动非常频繁，每年大祭六次，小祭二十四次，几乎终年香火不断。康熙、乾隆、嘉庆、道光四帝，前后共九次亲到永陵祭祀巡幸。永陵是东北著名的清代三陵之一，也是现存比较完整的古代帝王陵园建筑。一九六三年永陵被政府列为省级重点文物保护单位，年年拨款修缮，陵园风采虽然宏伟壮丽，但清王朝已成历史名词，永陵已不复当年的盛景了。

赫图阿拉城位于永陵镇东四公里苏子河南岸的呼兰哈达（横岗山）上，东靠皇寺河，西邻嘉哈河，南依羊鼻子山，北围苏子河，群山拱护，清水粼粼，是努尔哈赤建立大金政权的第一个都城。

赫图阿拉城分内外两城，内城建于万历三十一年（一六〇三年），外城建于万历三十三年（一六〇五年）。内城方圆二点五公里，设有四门；外城方圆五公里，设九门。城内地势南高北低，四周是土石杂筑的城垣，内城住努尔哈赤眷属及亲戚，外城驻精锐队伍。内外共居二万余户，约十多万人，城北二公里许有一土台，为点将台；城东门外是囤粮积草的仓储区，原有百余间房舍储存粮谷，以备军民战时之需。城南门外为弓矢制造场，专制弓箭。城北门外建有烘炉，专制铠甲。

内城分设八旗衙门，城北墙外为驸马府，南门里东西大街是商贾闹市，西首是关帝庙，东有城隍庙。外城东，后金时期建有地藏寺、显佑宫。城内掘有"千军万马饮不干"的水井一座。井口为正方形，以木镶嵌，边长二点七米，井身是圆形，均以石嵌。井深七米余，井内清泉涌冒，清澈见底，饮之甘凉爽口。一九六三年，政府以赫图阿拉城为满族的历史古城，将其列为省级重点文物保护单位，逐年编列预算，进行管理和修缮。

有了这样的历史渊源，有了途经永陵与赫图阿拉城的殊胜因缘，我们不禁兴起一股强烈的怀古幽情，也不禁兴起一股世代兴替的淡淡感叹。眼看起高楼，眼看楼塌了；眼看新人笑，又见旧人哭；世事幻化，人事代谢，春秋消长，月亮盈亏，谁弱又谁强？不禁想起赵孟頫之妻管仲姬的《渔父词》：

　　遥想山堂寂树梅，
　　凌寒玉蕊发南枝。
　　山明照、晓风吹，

只为清香苦欲归。

南望吴兴路四年,
几时回去霅溪边。
名与利、付之天,
笑把鱼竿上钓船。

身在燕山近帝居,
归心日夜忆东吴。
斟美酒、烩新鱼,
除却清闲总不如。

人生贵极是王侯,
浮利浮名不自由。
争得似、一扁舟,
弄月吟风归去休。

看多了沧海桑田,看多了朝代兴亡,看多了宦海浮沉,看多了生生死死,死死生生,常常会兴起"弄月吟风归去休"的念头。

但看到灾区民众的坚强与达观,乐天与知命,又不得不赞叹人类逆来顺受的韧性,与生命无始无终的顽强了。

车子环绕着大伙房水库一路往南行驶,不多时,进入了苏子河水系,和抚顺县的景象如出一辙——河堤溃决了,良田流失了,断垣残瓦,一片凄凉景象。诚如当地民众顺口溜所说的:"石头留故乡,沙子进伙房,泥土送辽阳。"新宾县的灾区,几乎成了石头的故乡了。一颗颗大大小小的石头,成群成堆,一望无际,有如从山沟的那一端排山倒海而来,压向阡陌农田,也压向农民心头,面对良田变石乡，农民一脸无助与迷惘。

翻过了山岭，涉过了溪水，走在三百多米宽的沙石地面上，车子显得有气无力，时而颠簸，时而滑行。

"车子怎么走到河床中来了！"师兄问开车的司机。

司机说："这不是河床，这原来是阡陌良田，真正的河道在右边那个十余米宽的地方。"

我们顺着他所指的方向望去，仅见不远处确有一泓潺潺流水。如今，洪水冲走了良田，良田变成了河道，河道又成了石头一片，农民平日辛勤耕耘的心血付诸东流。

在新宾县陈副县长的陪同下，我们到达了上夹河镇南嘉禾村。

上夹河镇因上夹河而得名，"夹河"为满语，是秋后落叶之义。以前这地方树多，时节进入深秋，落叶飘零处处，又因地处夹河上端，故称上夹河镇。

上夹河位于新宾县城西北五十公里，位苏子河中下游，全镇面积两百五十五平方公里，人口约两万人，境内多山，五龙河、南夹河汇入苏子河，横穿全境。沿河两岸，水源充沛，年平均气温摄氏五度，是新宾全县平均温度最高的乡镇，主要农作物为玉米、大豆、高粱、水稻，水果产量名列全县之首。

原本以"水源充沛"自豪的上夹河镇，这次却因洪水泛滥而灾情严重，尤其南嘉禾村，全村四百零六户，一千七百七十六人，特重灾户就有一百八十六户，几占全村的二分之一。被冲走的房屋有四十七户，一百四十八间；倒房三十二户，九十八间；房屋损坏四十三户，一百一十六间。

南嘉禾村的南嘉禾小学是新宾县受灾严重的小学之一，全校五班学生，校舍二十六间，全部惨遭洪水冲毁，只剩下一间残破的教室，全校一百五十六位学生上课无着，只有分配到很远的邻近乡学校。南嘉禾小学要想恢复，恐怕还须投入一笔资金，最重要的是被冲毁的小学，还适合不适合在原地重建，都是值得深思的。因为原本良田千顷、绿禾遍地的南嘉禾小学周围景物，现在都已变成砾石处处，沙石成堆，俨然成为一条巨川大河了。我们认为南嘉禾小学万万不能在原地重建，迁校是上上之策，但迁校又谈何容易。南嘉禾小学何去何从，也是南嘉禾村村民心中的一块石头。

了解了南嘉禾村的灾情，并做了详细的记录后，我们的车队沿着苏子河支流两旁的乡间小路，往南行进，约十分钟，我们就到了王家堡子。

王家堡子，是徐家村的一个自然小村落，住有五十四户人家，十九户房屋被冲走，原本每人平均有二点三亩农地种植玉米、水稻，现在良田土壤流失殆尽，房屋倒塌，灾民无家可归，对活命口粮的欠缺与避雪遮风栖身之所的无着，使灾民只好接受政府的劝告，投亲靠友去了。有些没有亲友可投靠的灾民，也只有听任安排，暂栖残破校舍或其他简陋处所。

离开了王家堡子，我们继续南行，到了吕家村，情况没有什么两样，洪水无情，几乎一视同仁，所到之处，农田、道路、桥梁、房屋，无一幸免。

对于赈灾工作，新宾县政府表现得相当积极，除了对倒塌房屋计划协助进行重建外，据县府官员指出，自遭洪涝以来，县政府每人已发给十四斤大米，另每户发给玉米一袋，方便面四箱，更提供倒屋灾民复建的木材与建材，补助重建家园的费用，以减轻灾民复建的负担。

原本是宁静自适的山区小县，原本是满族聚居，从绚烂回归平静的县城，却因为一次洪水，扰乱了农民的生活步骤，在良田流失的情形下，恐怕他们至少要咬紧牙关度过五年的艰苦岁月。

刻画在脸上的皱纹，让人有历尽沧桑的感觉；粗重有力的双手，让人有纯朴勤劳的感动。乐天知命，带着惯有笑容是新宾县灾区农民的共同特质。

　　秋天，原本是令人欢欣鼓舞的季节，因为秋收的感受令人喜悦。新宾农民每到秋收季节，总会唱着"秋收忙"的民歌，声声礼赞大地的恩赐。如果在平时，我们或许可以听到他们这样的悠扬歌声：

　　　　一阵啊秋风啊，一阵凉啊，
　　　　三春不如一秋忙。
　　　　割麦呀！打柴呀！揪翻垄啊！
　　　　套大车那个和犁杖，
　　　　前面拉那个后边躺，哎哎嘿哟哎！
　　　　多翻麦茬，来年地不荒，那个哎嘿哟。

　　　　一阵哪秋风啊变了样啊，
　　　　吹得庄稼遍地黄啊。
　　　　谷子呀糜子呀！头朝地呀！
　　　　高粱穗那个灌满浆。
　　　　黄豆角那个肥又胖，哎哎嘿哟哎，
　　　　苞米棒子长又长，那个哎嘿哟。

　　自古以来，田地就是农民的生命。农民以土地为生，但要靠天吃饭，如果上苍垂怜，四季风调雨顺，农民就会有好收成，"丰收图"与"农家乐"最能让人感动。农民日晒雨淋，挥汗翻土，辛劳播种，为的就是一次的收获，现在眼看即将到手的庄稼颗粒无收，那种失望，那种悲伤，哪能不让人难过！现在良田流失了，如果得不到外界的援助，就是只想过那种简单清贫的生活都不可得了。

　　　　菜是菜，瓜是瓜，

扁豆藤儿爬满架。
　　一棚番茄迎客红，
　　辣椒忙把灯笼挂。
　　母鸡下蛋公鸡叫，
　　一幅农家田园画。

这样的"田园小调"，三五年内受灾乡镇的农民恐怕没有办法唱下去了，新宾满族自治县洪涝灾区的民众，一心想的只求眼前的温饱，与如何度过转眼将届的秋去冬来的煎熬。

千古兴亡忆永陵

第二次到新宾县,是一九九五年十月中旬的事了,这距离九月到新宾,才只不过一个月,但在短短的一个月中,"物换星移"的感觉特别强烈。

说是"物换星移",倒不如说是"天地变色"来得恰当。

九月份我们到达新宾时,山峦起伏,翠绿一片。而这次我们旧地重"勘",只见山峦还是起伏,但叠翠的青山,已是一片枫红了。

被十月秋风染红的群山,一望无际,常青松柏点缀其间,形成"万红丛中一点绿"的特殊景观,让久居四季如春台湾的人,猛然发觉已是身处北国的山区中了。

新宾县位处辽宁省的东陲,临近吉林。山多水复是"新宾"的特殊地理景观。

古人说"靠山吃山,靠海吃海",但新宾县虽然山多,老百姓却不能靠山生活,他们只能在"两山夹一沟"的狭长山沟间讨生活。

"沟"是狭长的,"地"是肥沃的,风调雨顺时,新宾县人民会歌咏着大地的恩赐,赞美着家乡的甜美,但"一年一惊吓,十年一浩劫",新宾县人民面对洪涝威胁,心中总是充满恐惧,洪涝总是他们心中永远的痛。

在"八山一水半分田,半分道路和庄园"的自然条件下,新宾县人民养成"逆来顺受"的特性。朴质的脸上,永远挂着笑容,即使谈到洪涝肆虐,家园倾圮,米粮无着,前途茫然时,脸庞的戚容也只不过一闪而逝,他们没有太多的时间浸渍在悲伤与痛苦中,他们必须面对问题,设法解决今后的温饱。

也许就是这种与自然拼搏的精神，也许就是这种逆来顺受的特质，这穷山恶水的地方，却成就了一代威震四方的清王朝。明朝末年女真部的努尔哈赤，就在这个地方安内攘外，然后雄踞一方，奠下一统中国江山的根基。

目前为止，新宾县人民中仍然有百分之六十以上是满族。当年满族的崛起是中国历史上少有的异数，只要到过新宾县的人，实在难以想象："何以在这样贫穷的山区，能够成就一代盛极一时的王朝？"

为了揭开这个数百年来的疑题，也为了一探清王朝入关前的神秘面纱，我们趁勘灾之便，参访了清王朝的第一陵——清永陵。

清永陵，是著名的清初关外三陵之一。它是最早的清朝陵园，但却是最小的早期陵园。在清初三陵中，昭陵最大，也最具规模，福陵次之，永陵最小。昭陵与福陵都在沈阳，唯有永陵位于清王朝发祥地的新宾县。

清永陵的陵园面积与规模虽然最小，但作为清王朝的祖陵，地位算是最高。清朝历代皇帝中，康熙、乾隆、嘉庆、道光等皇帝都曾经先后东巡，也都曾到过永陵祭祀祖陵。

满族，一个曾经入主中原的民族，当然有其特殊的民族性。在入主中原以前，满族是一个骁勇善战，精于骑射的民族，也是一个刚毅质朴，有智慧，善组织的民族。

正本溯源，满族肇始于东北边陲的长白山一带。长白山的广大山林，四季分明的气候形态，使得早期的满族，几乎是以渔猎与采集山货野果为生，所以满族人善于围猎早就声闻遐迩。

围猎，满语叫"布特哈"，汉语又叫"打牲"。所谓打牲不仅指在山林中射猎獐豹野鹿等兽类，也指下江捕鱼入湖捞珠。就是受限于先天的自然生活环境，早期的满族人民过着"食兽肉，衣其皮"的狩猎生活。

明朝之前，满族随着生活地域的迁移，和外界的接触，已经知道如何种植五谷，开始了农耕生活。等到定居苏子河流域后，农业技术突飞猛进，满族已逐渐从狩猎生活，过渡到农业生活了。

但是作为一个民族长久以来的传统习惯，清王朝入关后，仍有一段相当长的时间，保留着"射猎习武"的风俗，在有清一代的历代皇帝中，尤以康熙皇帝最为乐此不疲。康熙皇帝每次东巡，除了"恭谒祖陵"外，还沿途"行围"，而且行围的规模都相当浩大。

根据当时来华传教的比利时籍教士南怀仁在《鞑靼旅行记》中记述："康熙皇帝第二次东巡，一出山海关，皇帝连同王侯百官，从此每天狩猎。皇帝从亲卫军中，挑选出三千名弓箭武装的士兵参加行围。"

三千名"箭在手，弓在腰"的士兵，由皇帝率领行围，那是多么壮盛的场面。他们行围的方法，采用分队分组，绕着山峰，向两侧扩展，围成一个布袋式的环形，然后向前推进，把野兽圈围在"袋"中，再逐渐围到一块没有树林的平地上，渐次缩小包围圈，然后各自下马，"步比步，肩并肩，穷追那些从洞穴中或从栖息地被赶出来的野兽。各类野兽东跑西逃，都找不到出路，终于力竭就捕"。

这样"一网打尽"的行围方式，收获当然丰硕，有时一个时辰，就能捕捉一千多只牡鹿和穴居的熊，也能捕到六十多头老虎。行围固然是为猎取山区兽类，但重要的是在"借猎习武"，并用以显示清王朝的军威。

往事已成历史，这种规模浩大的狩猎，已不复见。我们两次东北满族故乡行，只见山峦白云，溃决川河，柔肠寸断的道路，满目疮痍的村落，灾民诉说的是如何找回流失的农田和如何度过今年严寒的冬天，已没有人愿意多谈过往的满族荣耀了。

这次的勘灾之行，仍然由辽宁省民政厅的官员陪行，抚顺市民政局官员在抚顺市会合后，一道前往抚顺市辖区的新宾县与清原县。

沿路景象依旧，省级与县级道路两旁的杨树在强劲北风吹袭下，树梢飒飒，落叶纷纷，车轮过处，扬起黄叶片片。

落叶是冬天来临的前兆，等到叶尽枝枯，就是寒冬的到来。陪我们同行的省民政厅官员林先生说："现在北风刮起了，气温急剧下降了，下个月你们来的时候，可能已是大雪纷纷了。"

台湾没有下雪的日子，台湾只有在高山上才能看到雪迹。台湾的民众可能会不辞辛劳攀登高山，一睹皑皑白雪的千姿百态；也可能千里迢迢前往北国，欣赏片片白雪的随风飘零，"白雪飘飘"的景色确实能令台湾民众充满憧憬与好奇。但生活在东北辽宁省山区县的人民，对严冬的冰封，充满着畏惧与恐慌，摄氏零下三十度的恶劣气候，会给他们贫困的生活雪上加霜。没有柴火，没有食粮，没有住房，他们要如何撑过冬天的酷寒，难道这就是一个没落王朝族群的悲哀？

一九九五年十月十四日我们从沈阳出发，经过清原县，勘查了几个重灾区，然后车子进入了新宾县，这个看起来毫不起眼的山区小县，竟然是努尔哈赤据以睥睨神州的地方，实在令人啧啧称奇。

虽然上个月第一次勘灾的行程中，我们曾经路过永陵，但是行色匆匆，无暇细睹这个清王朝祖陵的风采。

这次，我们趁路过永陵之便，就在下马碑不远处下"车"。下马碑立于永陵正门前一公里处，碑上用满、汉、蒙、藏、维吾尔等五种文字，刻着"诸王以下官员等至此下马"字样，碑石屹立，碑文刚劲，强化了陵宫的神圣，凸显了清王朝祖陵的威权。

新宾县人民以永陵为荣，永陵也以新宾为傲。以这样的山区小县能够成就一代王朝，自有其一套风水宝地之说。

从自然景观看，永陵确实坐落在有山有水的宝地上。前临苏子河，后依启运山，钟灵毓秀，一股沁人心脾的灵秀之气袭人。进入前宫院，肃穆之心油然而生，这不仅是因为发自我们内心的崇敬，也是对山水之美的敬畏使然。

努尔哈赤在新宾县发迹,也在新宾县回馈,他饮水思源,在征服了长白山北麓的纳殷和朱舍里二部,从而完成统一建州女真后,于万历二十六年(一五九八年),选择了依山临水的这块风水宝地,为他的祖辈修筑陵寝,这时的努尔哈赤当然是意兴风发,昂扬之情不言而喻了。

永陵陵宫,由下马碑、前宫院、方城、宝城、省牲所、冰窖、果楼等部分组成。整个建筑群比起其他二陵,不仅不是十分雄伟,甚至可说有点渺小,但那种古朴与庄严,仍含有一番令人敬畏的气势。

陵宫周围有红色缭墙,宝城墙高四点六米,方城墙高三点六米,前宫院墙高二点六米。绕墙随着陵宫的深入而逐渐加高,至宝城达到最高点,这或许隐含着崇敬与护卫之意吧!

由下马碑往北,是一条宽四丈的黄土铺路大道,笔直地推向陵宫正门(亦称正红门、前宫门)。

陵宫正门是一座明暗三间硬山式琉璃瓦顶建筑,装有六扇朱漆木栅槛门。

进入陵宫正门,在宽敞的前院正中,由东至西,面南坐北,并列着四座单檐歇山式琉璃瓦顶的神功圣德碑亭。

红亭按中长次幼、左长右少次序,分别立有颂扬清"肇祖原皇帝猛哥帖木儿"、"兴祖直皇帝福满"、"景祖翼皇帝觉昌安"、"显祖宣皇帝塔克世"及他们的皇后的功德碑。碑身坐落在赑屃座上,高六点一二米,宽一点三五米,厚零点三八米。碑文是御笔亲撰,以满、蒙、汉三种文字镌刻。碑亭从顺治十二年(一六五五年)起建,历时七年落成。

走过碑亭,迎面而来的是面阔三楹,进深四间的单檐歇山式启运门。门上施琉璃瓦,在脊邸吻间饰有六龙吸珠,垂脊上塑有异兽,造型生动，体态逼真。

在门的左右两翼绕墙正中，筑有悬山式青砖瓦脊升龙照壁。雕琢精细的五彩云龙，嵌在状似莲花造型的砖框中，姿态优美，活灵活现，栩栩如生，让人叹为观止。

据永陵的专业解说员说：永陵陵园的建筑有四绝，受到中外建筑人士的高度评价。这四绝除了我们上述的砖雕龙壁外，还有永陵坐龙、屋脊破明与陵宫外围的各色木桩构成的栅栏。

这四绝中砖雕龙壁是以建筑技术与艺术赢得肯定，永陵坐龙是以造型奇特让人称奇，龙的造型向来给人以飞腾的形象，但永陵的坐龙以坐姿出现，诚属罕见。至于破明以在政治上具有特殊含义见称，通常宫殿屋脊两端饰以左日右月，似乎已成宫殿建筑的常态，但日月合在一起就是"明"，清王朝是取明朝而代之的外来政权，为了显示清朝破明的事实并用以破除反清复明的可能实现，故在日月之间，用建筑的装饰技巧予以区隔，美其名为破明，这种煞费苦心的设计看来虽然可笑，但也可以看出清王朝防"明"的用心了。

跨过启运门，就是方城。方城内的正殿是启运殿，是供奉四祖与皇后神位和皇帝谒祭祖陵的地方，殿内还有各式祭品，据清史记载，康熙、乾隆、嘉庆、道光等皇帝曾先后九次东巡祭祖。

现在清王朝的繁荣盛世虽然已经烟消云散了，但作为满族的祖陵，每年仍有四次大祭举行。这四次大祭分别在清明、中元、冬至与岁暮，祭典虽然比过去简单，但仍不失隆重。

通常大祭由地方领导主祭，另每月初一、十五则有由守陵官主持的小祭。我们不知道他们在祭祀的过程中，是否曾经慨叹过朝代的兴替无情，但我们想至少他们在祭祀时会有些怀古幽情吧！

启运殿后面就是宝城，俗称月牙城，是陵内墓地。

宝城宽二十点四米，纵深十八点七米，呈八角马蹄形，有高三点六米的砖墙围护。

城内因山借势，分上、下两层平台。上层中葬兴祖，右上葬肇祖衣冠，左中葬景祖，右中葬显祖及三位帝后；下层为陪葬，东南隅葬武功郡王礼敦，西南隅葬恪恭贝勒塔察篇古。

在兴祖墓前，原有一棵数百年榆树，盘曲纠结，枝繁叶茂，被尊称为神树。乾隆帝在《神树赋》中曾这样描写这棵神树：

> 神树非柏非松，根从天上分来，想银河之历，种岂人间所有。郁佳气之葱……

这棵神树，根当然不是从天上分来，种当然确是人间所有，只不过它长得郁郁葱葱，枝叶繁茂，又在兴祖墓前，为宣扬君权神授的理念，为神化清王朝入主中原的必然，清王朝的历代皇帝当然要千方百计把这棵普通的榆树加以神话了。

可惜这棵榆树在同治二年（一八六三年），被狂风吹倒，神树的神话虽然仍旧继续流传，但根叶已荡然，这是否又象征着清王朝自同治年起由兴盛而衰亡，成为一种先兆呢？

神树虽然不存，但一棵小榆树却在神树之旁应运而生，拜神树威名不减之赐，这棵不起眼的小榆树，被称为配榆。小榆树已经慢慢长高，离地三尺分叉成长为两株，年岁日积月累，传说愈来愈古，将来这棵榆树不知道又要如何被神化了。

在永陵停留的时间不算多，但在宝城驻足的时间却很长，面对清王朝的先祖，细思清王朝入主中原的历史，想想近代西方势力的冲击和清王朝的没落，我们感慨良多，也让人想起了历史学家许倬云先生的一段话：

> 潮来潮去，缘生了，却其实"来"未曾灭"去"。前岩与后岩，前浪与后浪，只因为有了前面一波，第二波就不一样了。一层一层沙上的波痕，确是前因后果的重叠。世事如潮，自从远古以来，积累了无穷的因，也造成了无穷的果，前果又

为下续的因，因果相寻，不见了时；潮来潮去，缘生了，即永远不会灭去。

是的，缘起缘灭，事实上，缘起了又何曾灭，只不过是后缘续前缘，前缘成后因，后因又成后缘，因缘相续，因因缘缘，缘缘因因，这是否就是朝代兴替的道理，是否就是物换星移的定义，是否就是沧海桑田，是否就是新陈代谢的说明呢？我们迷惘，我们喟叹！

> 兴亡千古繁华梦，诗眼倦天涯；
> 孔林乔木，吴宫蔓草，楚庙寒鸦。
> 数间茅屋，藏书万卷，投老村家。
> 山中何事？松花酿酒，春水煎茶。

——张可久《人月圆散曲》

细想了千古兴亡，看多了苍生苦难，想想人生的悲欢与无奈，真羡慕那些能够"投老村家"、"春水煎茶"的文人，在"诗眼倦天涯"之余，还可以万缘放下，欣赏那"楚庙寒鸦"。

离开了永陵，回首再三，心中思绪起伏不断，陵园外头不远处的石柱华表云浮龙攀，矗立道路一旁，"清朝第一陵——清永陵"的石碑令人心酸，青山绿水，辽河滚滚，英雄豪杰，黄土一抔，留住了什么，又淘去了哪些？白云悠悠，飘向远方；怀古幽情，投向缥缈的心底，向内心深处沉去，沉去……

凤阙龙宫在盛京
——沈阳故宫见闻记

看历史遗迹,可以让人怀古;知兴亡更替,可以让人省思;观物换星移,可以让人觉悟。

古人说"历史是一面镜子",这面镜子不同于寻常的镜子。这面镜子是可以让人有所戒惧、有所启发。

唐太宗说:"以铜为镜可以正衣冠;以人为镜可以明得失;以古为镜可以知兴替。"

能够彻悟朝代兴亡更替道理的人,才能戒惧谨慎,也才能洞彻人生,了悟"世间无常,国土危脆。四大苦空,五蕴无我。生灭变异,虚伪无主"的精义。

距离第一次到沈阳才仅仅一个月。时间不断流逝,沈阳景物依旧迷人,只是季节的变迁,把原本翠绿的山峦染成一片枫红。

对一个生在南方,长在南方,习惯于南方的人来说,大陆东北的景物难免引人好奇与遐思。

如果要严格分别大江南北的不同,用一句话或可概括,那就是"南方秀,北方雄"。

"南方秀"的意思是:长江以南的景物充满了阴柔之美;而"北方雄"的意思是黄河以北的韵味充满了阳刚之气。

阴柔与阳刚本来只是一种人类心灵上的感觉,这种感觉是由外在事物投射到内在心中所作出来的反应,对于人类的心灵认知来说,自有其颠扑不破的道理。

在中国古典章回小说中看到对北方人物的描述,不外是"大碗酒,大块肉",说起话来声如洪钟;走起路来大步豪迈;虎背熊腰,跃马苍茫草原;重裘皮袄,出入绿林高山,一种粗犷行事与豪气干云的形象。

事实上,第一次到东北,确有这种"南秀北雄"的感觉,这种感觉来自景物,也来自人物,更来自那种看不到,摸不着,只可意会不可言传的北方文化气质。

远在春秋战国时代,东北辽宁是燕国属地,"人事有代谢,往来成古今",尽管当年燕国距今已有两千三百多年了,时间已淘去了千古风流人物,但尚未淘去由燕国修筑的那条从河北省北部独石口到辽阳的燕国长城。虽然如此,这道古老的长城在风霜凛冽与春秋更替下,已失去昔日的气势和风采,衰破、颓废,几乎要遭世人遗忘了,岂不让人长叹。

沈阳是清王朝的旧京城,又称盛京。自清王朝大军攻进山海关,取代式微的明王朝后,清王朝的京城由沈阳迁至北京,沈阳就成为清王朝的陪都。

作为清王朝的早期都城,沈阳自有其不凡的文化与气质,这种文化与气质,表现在沈阳故宫与昭、福二陵的陵园建筑文物上。

现在,沈阳故宫,景物依旧,人事已非,但从宏伟的建筑与精细的园林规划里,还依稀可以感受到那种葱茏的王霸之气。

当清兵入关,满族贵胄睥睨天下,可谓志得意满,身为清朝皇族一员的福彭,曾经写下这样的诗句:

> 王气葱茏拥凤城,开天景运在陪京。
> 山川环绕雄关立,虎踞龙盘帝业成。
> 灉润卜居垂大统,邠丰启宇著先声。
> 至今竹帛传无敌,一旅师当百万兵。

沈阳市的地形是不是"虎踞龙盘",我们不知道,但"山川环绕雄关立"却是不争的事实。

"霭霭兴王地,风云莫可攀。潆洄千曲水,盘叠百重山。"山水萦绕是沈阳的特色,也是辽宁省的特色。当年努尔哈赤所以能够"占地为雄,独霸一方",就是得力于辽宁省的千山万水。而今辽宁省涝害频传,也是缘于千山与万水。尤其位于辽宁东北的新宾与清原两县,因为都有长白山余脉横卧,山岭起伏,四面延绵,形成"八山一水半分田,半分道路和庄园"的特殊地理景观,此次东北涝害,两县受灾也因此倍于他县。

由于沈阳是东北人文荟萃之地,所以古迹特多,文风特盛。沈阳故宫、昭陵与福陵都是极具历史文化的典型代表,这三个清王朝的皇家圣地,在不到一百年的时间里,随着清王朝的没落,已失去当年神圣不可侵犯的气势与风采,但从现存的规模与风格看,依稀还可以让人想象出清王朝鼎盛时期此地的盛况。

沈阳故宫,又叫做盛京故宫,也称为小故宫,这是为了要区别北京故宫的缘故。

到过北京故宫的人都知道,清王朝紫禁城的宏伟与故宫的富丽,都让人叹为观止。沈阳故宫,论规模,要比北京故宫小得多;论气势,也没有北京故宫的雄伟,但由于沈阳故宫是清太祖努尔哈赤和清太宗皇太极营建和使用过的宫殿,是清王朝尚未入主中原时的政治中心,而清王朝入关后,政治中心虽然移转北京,但历代皇帝仍然多次扩建重修,才成现在规模,自有其历史意义与文化特质。

沈阳故宫始建于后金天命十年(西元一六二五年),建成于清崇德元年(一六三六年),前后十一年。

用现代人的眼光来看,沈阳故宫不仅有很高的建筑艺术水准,而且有浓厚的地方色彩,调和满汉蒙等各族文化,体现多元民族建筑风格,确有其辉煌与丰硕的成就。

这座位于沈阳市中心的小故宫，属沈阳市沈河区辖内，南临沈阳路，东靠朝阳街，西邻正阳街，北接中街路，占地六万余平方米，各式建筑九十余座三百多间。整体布局分为东、中、西三路。

由沈阳路进入大清门，巍巍的崇政殿即现眼前。崇政殿俗称金銮殿，是清王朝皇太极日常处理军政要务和接见外国使臣、边疆少数民族代表的地方。清朝入主中原后，历朝皇帝东巡，都在这里临朝听政，接受朝贺。

从大清门到崇政殿约二百余米，金瓦红墙气势非凡，整个建筑，因年久失修，看起来有些颓旧，但仍不失古香古色之美与庄严肃穆之气。

按照古代宫殿制度，大内宫阙均采前朝后寝形式，沈阳故宫当然也不例外。所以故宫中路，前部以崇政殿为中心，殿后以寝宫与生活休憩为布局。

崇政殿采前后出廊硬山式建筑，屋顶铺黄琉璃瓦，镶绿剪边，正面屋脊装饰着五彩琉璃龙纹及火焰珠，面阔五间，进深三间，殿内陈设宝座、屏风，两侧有薰炉、香亭、烛台，殿前月台两角，东立日晷，西设嘉量。早上旭日东升，阳光自东投照而来，金瓦红墙，显得灿然耀目。

崇政殿两边，东为飞龙阁与东七间楼，西为翔凤阁与西七间楼。东西对称，飞龙、翔凤遥相呼应，将崇政殿烘托得威仪出众。

崇政殿之后，是皇室的起居生活休憩区，东侧有师善斋、日华楼，西侧是协中斋、霞栖楼，居中往北直走，有高约四米的清砖高台，拾阶而上，台上即是大内寝区。

寝区正南是凤凰楼，该楼采滴水歇山式围廊建筑，屋顶铺黄琉璃瓦，镶绿剪边，楼高三层，是当时沈阳城内最高建筑，登楼可观日出，夕阳斜照，楼阁映红，自有一番迷人景致，所以"凤楼晓日"被誉为沈阳八景之一。乾隆皇帝在此登临，并有《登凤凰楼》诗：

其一
百尺高楼万景纷，贮歌藏舞陋齐云；
漫言此日供诗料，却忆当年望国氛。

其二
缔构常思祖业艰，千秋百世巩河山；
于今试上高楼望，辽水依然襟带间。

古人登临赋诗，总不忘抒发感怀，歌颂祖业维艰，常念悠悠天地，多愁善感的文人如此，君临天下的皇帝也是如此。似乎不如此，就有失吟诗抒怀的本意了。

此楼原为皇太极宴憩和读书处。清入关后，用来恭藏帝王像、行乐图及七珍十宝的场所。

经过凤凰楼再往北行，是后妃寝区，共有五宫。正北为清宁宫，是大内宫阙的中宫。宫内东梢间为清太宗皇太极与皇后博尔济吉特氏的寝房，西四间则为宫廷内举行萨满家祭的神堂和会见暨宴请亲眷的厅房。

清宁宫建于后金天聪年间，一直是皇太极生活起居的地方。西元一六四三年（崇德八年）八月九日，皇太极在此驾崩，享年五十二岁。

作为皇太极与皇后寝房的东梢间，大门深锁，游客难能一窥究竟，但从窗外透过玻璃瞄窥里面，只见龙床、寝具一应俱全，床头幔帐双分，寝室外面是起居间，紧靠南面窗户设有坐炕，炕上有金黄色蒲团与矮脚小茶几，东边靠墙处摆设着南北走向的长形案桌，设备与摆饰都相当质朴。

清宁宫东西两侧，为嫔妃住所，东侧为关雎宫、衍庆宫；西侧为麟趾宫、永福宫。关雎宫又称东宫，是皇太极宠妃博尔济吉特氏海兰珠的寝宫。皇太极在天聪十年四月（一六三五年）正式去汗号，称"宽温仁圣皇大帝"，改国号、年号，并册立嫡福晋博尔济吉特氏哲哲为中宫皇后；同时还册封关睢宫宸妃、麟趾宫贵妃、次东宫（衍庆宫）淑妃、次西宫（永福宫）庄妃（后尊为孝庄文皇后），顺治皇帝就是在永福宫出生的。

中路崇政殿和大内寝区高台两侧，各有一组建筑，东侧为东所，建于乾隆十年（一七四五年）至乾隆十三年（一七四八年），因处宫阙之东，亦称东宫，是清帝东巡盛京时，皇太后的行宫。主要建筑有颐和殿、介祉宫，宫后有敬典阁。西侧为西所，与东所同时建造，亦称西宫，是皇帝东巡盛京时驻跸的行宫。主要建筑有迪光殿、保极宫、继思斋。最后头是崇谟阁，原是藏《满文老档》、《清实录》等典籍之处。

沈阳故宫的东路为大政殿和十王亭，这是清王朝入关之前，皇帝举行大典的地方。

大政殿建于后金天命十年（一六二五年），清初称为大殿或笃恭殿，皇帝与八旗主共商军机和重大政治活动都在此处举行。天聪元年（一六二六年）元旦，皇太极在此受朝贺礼。崇德八年（一六四三年）清世祖福临，即顺治帝，在此继承皇位，当时顺治年仅六岁。同年九月，在这里发布了清军进关令。

大政殿由须弥座台基托出，采八面出廊八角攒尖式建筑，殿顶黄琉璃瓦，镶绿剪边，正中相轮火焰珠顶，宝顶周围有八条铁链，与彩脊上八个蒙古力士相连，殿前两根明柱各有金龙盘绕，殿内为梵文天花和降龙藻井。殿上设有宝座、屏风及重炉、香亭、鹤式烛台等。

大政殿前宽敞的大院，东西两旁排列着十座方亭，称为十王亭，是清初八旗各主旗贝勒、大臣议政及处理政务的地方。东西两侧各五亭，东侧由北往南依次为左翼王亭、镶黄旗亭、正白旗亭、镶白旗亭、正蓝旗亭。西侧五亭依次为右翼王亭、正黄旗亭、正红旗亭、镶黄旗亭、镶蓝旗亭。

八旗制度是由女真族狩猎时，实行"牛录"制的组织形式演变而来，是努尔哈赤创建的集军事、民政和经济合一的组织。一六二六年皇太极继承汗位后，为了推进满族社会向封建制过渡，他锐意改革，采取增设八旗大臣参与国政等措施，削弱八旗王公贝勒权势。后又废除三大贝勒轮流执政制度，从内容到形式突出皇权，强化了君权的统治。天聪五年（一六三一年）皇太极进而设置三院（内国史院、内秘书院、内弘文院）、八衙门（吏、户、礼、工、兵、刑六部及都察院和理藩院），与八旗制度并存，最后把八旗变成单纯的军事组织，只在战争中发挥作用。

大政殿在十王亭的奇特烘托与布局下，成了皇族的最高权力象征，大政殿也因此更显得气势非凡，诚如清朝入关后的第五代皇帝嘉庆皇帝的诗所说的：

　　大政据当阳，十亭两翼张。
　　八旗皆世胄，一室汇宗潢。
　　协力丕基建，同心伟绩扬。
　　思艰怀祖烈，黾勉迪前光。

现在的十王亭已人去亭空了，各亭空留大量攻杀征战的遗物，伞盖旌旗，战袍盔甲，弓箭刀枪，磬钟号角，琳琅满目。站在大政殿广场前，我们似乎看到文武百官朝贺的景象，似乎看到十王亭前人头攒动，军威浩盛的场面。

沈阳故宫的西路，明显地，和东路无论建筑风格和整体气势都有着显著的不同，如果东路的布局在显示军威与武功，那么西路的布局就在凸显教化与文治了。

在历史上,乾隆皇帝是比较喜欢附庸风雅的皇帝之一。从整个清王朝的历史看,乾隆时代是清王朝攀越高峰的时代,乾隆皇帝对沈阳故宫的营造,就是有意显露文治武功之盛与国泰民安之昌。尤其天下太平,国威广被,更让乾隆皇帝有更多的时间与力量,塑造清王朝的文治武功形象。

乾隆皇帝自称"十全老人",可见此时他得意洋洋的心态。乾隆皇帝喜欢琴棋书画,喜欢各种艺术作品,在北京故宫,他欣赏过的艺术瑰宝无数,也典藏了许多历代书画玉器等旷世精品。在沈阳故宫,他虽然没有像北京故宫那样苦心经营,但从建筑群的精心刻画,似乎还看得出他强调"文治教化"的影子。

因此,沈阳故宫的西路,就以文治为诉求重点。文溯阁是西路建筑的主体,是全国典藏《四库全书》的七座楼阁之一,其建筑形式是仿效明代宁波大藏书家范钦"天一阁"的样子而兴建。

> 古今并入含茹,万象沧溟探大本。
> 礼乐仰承基绪,三江天汉导洪澜。

这是乾隆为文溯阁题的一副对联,可见他对文溯阁的功能与对《四库全书》的重视。

文溯阁面阔六间,外观两层,内部三层,一楼檐下悬挂乾隆手迹"文溯阁"匾额,笔法遒劲有力。楼内环以木制书架,显得幽静宽敞,极富书香品位。该阁始建于乾隆四十七年(一七八二年),次年建成,为硬山式二楼三层建筑,屋顶铺以黑琉璃瓦,镶绿剪边,看起来相当稳重高雅,梁枋绘"白马献书"图案,突出了文溯阁的主题。

文溯阁东面有一座黄琉璃瓦顶的碑亭,内立乾隆皇帝亲撰的"御制文溯阁记"碑,记录了文溯阁建阁的经过和《四库全书》收藏始末。

阁后为仰熙斋，是专供皇帝读书的地方。由文溯阁往南走，经过南门，就到了嘉荫堂，堂前有戏台一座，是皇帝和后妃们观戏游乐之所。

动静悦清音，智水仁山随所会。
春秋富佳日，凤歌鸾舞适其机。

这是戏台两边的楹联，人生如戏，戏如人生，出将入相，才子佳人，你方唱罢我登场，谁解戏中味，那就要各凭所会，各适其机了。

戏台正对面嘉荫堂内，有嘉庆皇帝与后妃观戏的塑像，虽然戏台上锣鼓已息，人去台空，但只要发挥丰富的想象力，亦能神游当时皇帝和嫔妃们嬉戏游乐的热闹情形。

到沈阳故宫，是金风送爽的秋天。十月的沈阳已令人感受到些微的凉意。秋风乍起，众叶凋零。这一天沈阳故宫的游客并不算多，或许到此一游的游客都各怀心思，或许有人只是为到此一游而到此一游，也或许有人存着一股热烈的怀古幽情而睹物思古。但不管如何，能到沈阳故宫一探清王朝入关之前政治文化中心的真面貌，也算是享受了一场丰富的文化历史飨宴了。所谓"读万卷书，行万里路"，能亲临其境的那种感觉，又岂是书本所能触及于万一的！

总结对沈阳故宫的感觉，东路凸显军威的建筑群设计与布局，给人以北方民族的粗犷与刚劲的讯息；而中路与西路的建筑，在乾隆皇帝的精心擘画下，园林景物、游廊彩绘，十分绮丽静雅，给人以身在江南的感觉。

双悬凤阙隐金铺，想见龙飞握瑞符。

> 殿列丹霄崇大政，宫开紫极接神区。
> 君臣际会风云日，版籍留存山海图。
> 堂构有怀追往事，土阶俭朴示规模。

守成不易，创业维艰，康熙皇帝在这首《盛京旧宫》诗篇中，除了意气风发地纾发盛京旧宫的壮观外，更表达了君臣同心，艰苦奋斗的创业历程。但回顾整个清王朝历史，从崛起到兴盛，又从兴盛到衰亡，我们在沈阳故宫中似乎可以看出一些端倪。

今天的沈阳是东北首屈一指的大城，也是曾经数度叱咤风云的历史名城。沈阳市区有宽阔的马路，有四通八达的联外高速公路，沈阳街上车如流水马如龙，但多少陈年往事，随着飒飒秋风飘去？多少英雄豪杰，随着滚滚浑水东流？让人不禁感慨吁嘘。

清朝"耕烟老人"戴梓有《春日泛舟沈水》诗云：

> 沈水流无尽，春山草渐青。
> 漫携邻舍酒，去泛野人舲。
> 好鸟啼芳树，孤云落远汀。
> 啸歌迟日暮，白眼醉还醒。

举世皆醉，试问几人清醒？醉者常谓己清醒，醒者长叹不如醉，众醉独醒的人，其内心的矛盾与痛苦，又有谁知道呢？"好鸟啼芳树，孤云落远汀"，沈阳故宫旧事伴着落日，众醉独醒的人伴着孤寂，望着浑河的流水与天边的孤云，拉长了心绪，轻按着心弦，随着夕阳的余晖而逐渐沉寂、沉寂……

落霞与孤鹜齐飞
——记登临滕王阁

亭、台、楼、阁，在中国园林古建筑中，占有不可或缺的地位，著名的亭、台、楼、阁也一直被文人雅士所歌颂，被后代世人所记忆。

中国大陆的大小亭台楼阁多如牛毛，传颂至今的仍然屈指可数，其中亭以醉翁亭、陶然亭为出众；台以凤凰台、雨花台为知名；楼以岳阳楼、黄鹤楼为不朽；阁以滕王阁为第一。

提起滕王阁，大家都知道它是南昌市的旅游胜地；是江西省引以自豪的历史古迹。

提起滕王阁，凡是对中国古文略有涉猎的人，也都会想起王勃的《滕王阁序》。滕王阁因《滕王阁序》而扬名，《滕王阁序》因滕王阁而成章。名阁佳文，相互辉映，唐代文学巨星——王勃——的光芒，也因此更加闪烁耀目。

因缘际会，有幸能一睹滕王阁风采，除了感恩之外，还是感恩。历史洪流，不舍昼夜；时节际会在交错中不断推移；历史长河在挹注中，不舍昼夜；人生在刹那中变化，生命在变化中异灭，能有殊胜因缘临阁神驰，哪能不百绪涌上心头。

今年（一九九五年）五月间，趁慈济援建的都昌县蔡岭慈济中学举行破土典礼之便，承江西省副省长黄懋衡之盛情，在相关单位的安排下，终于有机会一亲心仪已久的滕王阁芳容，一览"落霞与孤鹜齐飞"的景象。

初见滕王阁，有种惊艳的感觉。惊讶于它彩色的艳丽，艳得让人目眩，丽得让人感觉不出它的古朴。

心目中的滕王阁是千年古迹，理应有一股挥之不去的古朴与斑驳，但出现眼帘的却是一座四周景观新颖，外表主体结构豪华的崭新建筑。原本抱持浓浓思古幽情而来，却带着一股淡淡失落之感而回，百般心绪压上心头，久久不去。

从江西省台办干部口中得知，滕王阁自唐朝永徽四年（西元六五三年）始建以来，历代屡修屡毁，有确凿文字可考者，就有二十八次之多。滕王阁最后一次被毁，是在民国十五年（一九二六年）北洋军阀孙传芳部属郑俊彦任赣军总司令时，为了防范北伐的革命军利用地形之利，居高临下，便于攻城，于十月十二日一声令下，四百名工兵以大批煤油，将城外民房商店建筑付之一炬，滕王阁当然也不能幸免。

滕王阁惨遭兵燹之厄后，中国一直处于板荡之中，烽火处处，自然无力重建。在这段时期，滕王阁仅是一个供人神游的历史名词而已。

对日抗战期间，烧毁了的滕王阁旧址，被日军占用，并沦为养马场所，里面仅有六间小平房及一些参天大树，丝毫看不出古阁的痕迹。名阁蒙难已让人痛心，沦为侵略者用以蹂躏百姓的养马场，更让人扼腕。

抗战胜利后，名阁仍然长埋尘埃，过去日军用以养马的古阁旧址，改建为一所小学，古阁还是让人空留回忆。

一九五六年江西省长邵式平在北京参加全国人民代表大会时，曾为重建滕王阁事奔走呼吁，但当时政府内政百废待举，尚且照顾不暇，哪有余力重建新阁。

此后江西省多次旧事重提，希望滕王阁早日再和世人见面，可惜多灾多难的中国又碰上"文化大革命"的十年动乱，重建滕王阁之议，还是胎死腹中。

"文化大革命"结束后,重建滕王阁的呼声又甚嚣尘上,一九八〇年南昌市政府一篇"滕王高阁今何在,物换星移几度秋"的专题报告,终于唤起大家对重建名阁的注意。且这一年,《滕王阁序》石碑,也在南昌明代宁王府旧址发现,名阁再现有了转机,重建名阁有了共识。

过了三年,也就是一九八三年三月二十九日,南昌市重建滕王阁筹备委员会正式成立。又经过三年,一九八五年十月二十三日举行滕王阁工程开工典礼,拉开了滕王阁重现江湖的序幕。一九八九年十月八日重建工程全部完工,并举行了竣工落成大典,千年名阁从此再露头角。名阁虽然千年,但赋予新生命才七年,这也就是名阁显不出古朴的原因。

  阁去名存六十秋,悠悠赣水岂空流。
  运筹数载新姿现,气壮西江第一楼。

滕王阁的再现,自然引来很大的关注,不仅寻常百姓多了一处旅游去处,就是文人墨客也多了一个抒怀遣兴的地方。

但物换星移,时空变迁,千年前的古阁,早已化为历史的灰烬,随风飘逝了。现在的滕王阁应历史的需要拔地而起,肩负着名阁传承的使命了。因此千年前的古阁绝非今日的新阁,今天的新阁也绝非千年前的古阁了。虽然如此,千百年来,滚滚赣水仍然东流,至少新阁和古阁一样,屹立赣江之滨,日夜目送江上船只倏来倏往,伴着落霞与孤鹜映照长天,也满足了许多人的怀阁之思。

  千年古阁又维新,耸翠流丹迎众宾。
  江上才人何处去?阁中帝子换人民。

诗文虽然有点八股，字里行间虽然充满统战味道，但也不失真情实景。

滕王阁之所以能够让人魂系梦牵，它的盛名之所以能够历久长存，自有它的一段历史佳话和怀古情感。未到滕王阁之前，只能想象它的临观之美；到了滕王阁之后，才能领悟它的人文之盛。

古代滕王阁在文人眼中，既可会友，又可寄兴；既能抒怀，又能思古，给人以无限的鲜明印象，赋予古阁以长久慧命。

王勃的《滕王阁序》千古名文，对名阁的赞誉，固不必论，像韩愈这位文起八代之衰的大文豪也曾说："愈少时，则闻江南多临观之美，而滕王阁独为第一，有瑰伟绝特之称；及得三王所为序、赋、记等壮其文辞，益欲往一观而读之，以忘吾忧。"

韩愈当时人在宦途，身不由己，想一观滕王阁瑰伟绝特而不可得，心中抑郁，可想而知。唐元和十五年（西元八二〇年），滕王阁重修落成，韩愈才与有荣焉地接受主持重建工作御史中丞王仲舒之请，写了一篇《新修滕王阁记》，以慰未能登临之憾。名阁虽未能邀得唐宋八大家之首的韩愈登临，却能获得《新修滕王阁记》宏文一篇，亦足让名阁增添光彩了。

自古以来滕王阁一直是富商墨客的宴乐之所，也是高官显贵的迎授之馆，更是诗人登高纾怀之楼，文人雅集之堂，寻常百姓旅游之地。所以留传下来的诗文传奇，均有可津津乐道之处。

其中最能让人在茶余饭后谈论助兴的是，王勃挥写《滕王阁序》雄文的一段轶闻逸事。

王勃是唐初天才型的文学家，一生光芒四射，寿命却非常短暂，像极了一颗巨大的流星，划过天空，璀璨耀眼，令人惊叹。但刹那间，又消失于无垠的苍穹，重归于静寂，令人扼腕。

根据《旧唐书》记载，王勃字子安，"六岁解属文，构思无滞，词情英迈"。但他恃才傲物，为同僚所嫉。"有官奴曹达犯罪，勃匿

之,又惧事泄,乃杀达以塞口。事发,当诛,会赦除名。时勃父福畤为雍州司户参军,坐勃左迁交趾令。上元二年,勃往交趾省父,道出江中,为《彩莲赋》以见意,其辞甚美。渡南海,坠水而卒,时年二十八。"

从这段精简的记述,我们知道王勃成名很早,但辞世也很早,在世界上仅活了二十八年,而他的诗文却让他活了千余岁而不朽。

有关王勃的传说很多,唐朝王定保所著的《唐摭言》,以及以后的《新唐书》《太平广记》《唐才子传》,明朝冯梦龙的《醒世恒言》等正史或野史,小说或杂剧,都载有"阎都督重阳宴会,王子安挥洒雄文"的传奇。

王勃写《滕王阁序》时,据说才十四岁。当时洪州都督阎公,选择重阳节这一天,在滕王阁广邀天下文人雅士,出席盛宴,这是一次滕王阁最负盛名的诗会。

俗话说:"宴无好宴,会无好会,天下没有白吃的宴会。"阎都督大宴宾客的目的,是要广征天下文人,为滕王阁写序。据说阎都督本人附会风雅,喜好章词,原来有意安排他的女婿吴子章在诗会中"文惊四座,技冠全场",好增添他的光彩。因此,他事先让吴子章草就序文,准备在当天鳌头独占。

阎都督的这番用心,与会的文人心知肚明,所以当阎都督宣布当场挥毫征文后,宾客都谦辞推让,只有初生之犊不畏虎的王勃,表现出敢与争锋的豪气。阎都督见状,心想"不看僧面,看佛面",这乳臭未干的小伙子居然要和他的女婿争雄,心里当然很不舒服,于是拂衣而起,命人为王勃准备纸笔,倒要看看这位后生小辈有多大的文才。

王勃把阎都督的不友善态度看在眼里,却也不理不睬,不作声色,只见他文不加点,句不假思,从容如飞下笔,四座宾客震惊折服。另一边,阎都督命小吏密切掌握讯息,只要王勃写就一句,就要通报一句。

当小吏通报王勃写下的第一句"豫章故郡，洪都新府"时，阎都督讥之曰："亦是老生常谈。"小吏回报另一句："星分翼轸，地接衡庐。"阎都督说："此故事也。"又报："襟三江而带五湖，控蛮荆而引瓯越。"阎都督开始沉吟不语了。

小吏报说："物华天宝，龙光射斗牛之墟；人杰地灵，徐孺下陈蕃之榻。"阎都督转冷漠为惊喜。

再报"落霞与孤鹜齐飞，秋水共长天一色。"阎都督以手拍案，直呼："真天才，当垂不朽矣。"

于是阎都督惜才之心油然而生，对王勃另眼相待，重新更衣整装，牵着王勃的手，盛酒满觚，极欢而饮，并当众宣布："帝子之阁，有子之文，风流千古，使吾等今日雅会，亦得闻于后世。从此洪都风月，江山无价，皆子之力也，吾当厚赏千金。"

宣布甫落，众人之中忽然有人大喊："且慢！"

原来是阎都督女婿吴子章。吴子章本来被内定要在宴会中文惊四座的，不想被王勃抢了光彩，心中自有不甘。

只见他高声说："此为旧文，并非新作。三岁小孩都能背诵，不信，我将当众背出。"

果然吴子章一字不漏，行云流水地背诵而出。诵毕，举座哗然，大家议论纷纷。王勃见众人开始怀疑，却一点也不慌乱，反而面带笑容，从容不迫地向阎都督说："贵女婿的记忆力之强，真能和杨修、曹植、王粲、张松等人比美。"说毕，他又慢慢转身，面向吴子章说："不过请问这篇旧文之后有诗吗？"

吴子章说："无诗。"王勃连续问了三次："真的无诗吗？"吴子章都回答说没有。

于是王勃借着酒兴，再度提笔，当众挥毫，写下八句诗文：

> 滕王高阁临江渚，佩玉鸣鸾罢歌舞。
> 画栋朝飞南浦云，珠帘暮卷西山雨。
> 闲云潭影日悠悠，物换星移几度秋。
> 阁中帝子今何在？槛外长江空自流。

写罢，又是满座惊赞。王勃面露得意之色说："这是新作还是旧作？"

吴子章见问，满面羞愧。阎都督亦觉脸上无光，正在手足无措时，宾客中有老于人情世故者，赶紧出面打圆场说："王勃大作，令婿记性，皆天下罕有，真可谓双璧。"在座众人，也附声排解。阎都督才又喜形于色，翁婿两人不断席前与王勃举杯敬酒，传为滕王阁美谈。

其实，王勃的文学才华，在幼年时就崭露头角。据野史小说记载，王勃六岁已能缀字连句写文章，七八岁就能赋诗作对了。

十岁那年的重阳节，王勃父亲带他郊游赏菊，见秋光正浓，黄花正开，不免诗兴大发，于是对王勃说："此处视野开阔，景色宜人，何不吟诗，以记此游？"

王勃说："秋声秋色，正好联对。"

王父马上出上联说：

> 重阳游郊，郊野黄花如钉，钉满野郊。

王勃不假思索，就对了下联：

> 中秋赏月，月浸白萍如盏，盏尽浸月。

王父听了不仅非常满意，而且内心暗惊，想不到儿子有这么高的才华。

于是王父想以较高难度的联对再考王勃。他抬头指天说：

北雁南飞，两翅东西扇上下。

王勃对曰：

前车后辇，双轮左右辗高低。

父子两人游到了关帝庙，父亲看关云长雕像雄伟，忽出一对：

奉青须三绺，对青灯读青史垂青名手中握青龙偃月。

说毕心想：这回可要考倒这小子了吧！
不想王勃不假思索，竟脱口而出：

芳赤悬千古，秉赤面掬赤心输赤胆跨下骑赤兔追风。

至此父亲不得不折服了。

又有一次，王父带王勃参加同僚的添丁贺宴，席间宾客借着酒兴，见王勃伶俐聪明，又听说他有神童的雅号，于是就有一位宾客指着门上珠帘，对王勃说：

门上挂珠帘，你说是王家帘，朱家帘。

这对联的奥妙与难处，是把上句的"珠帘"的珠，拆为王与朱两字，而有下句的"王家帘"、"朱家帘"。

宾客出招，众人起哄，要王勃赋对，王勃望望父亲，取得父亲点头同意后说：

半夜生孩儿，我管他子时儿，亥时儿。

声音未落，满座皆惊，"王勃神童"果然名不虚传。可惜天妒英才，英年早逝，否则不知道还要为后人留下多少传世诗文呢！

现在的滕王阁不仅外观与古代滕王阁有显著不同，就是滕王阁坐落的位置也与历代略有差异。

滕王阁始建时，位在南昌赣江的高岗上，历经数度修葺，阁址始终不变，直到元朝至元三十一年（西元一二九四年）南渡后，滕王阁因"风雨凌雪，檐桷腐落"，有颓圮之虞，由皇太后拨银五千资助重建，将名阁建于城上。

明朝崇泰三年（西元一四五二年），滕王阁毁于祝融大火，时都察院金都御史韩雍力主重建，阁址选在章江门外江边。此后，古阁虽代有兴废，阁址大都位于"章江门外江边"。

现在滕王阁阁址，较诸宋阁与明清阁，均有不同，现在滕王阁，依山临江，西向赣江，东朝沿江路，南面抚河。抚河延伸到西北角与赣江相接即为堵口处，没有闸门，整个场地由西北向东南斜展。新阁阁址，离唐代阁址较近，仅一百米左右，距清代阁址则有三百多米，故还不失王勃《滕王阁序》所描述的意境。

就登临之胜来说，现在滕王阁高九层，高台以下两层地下室，高台上七层包括三层明层、三层暗层与最高层。较古阁的二层规模，自然要出类拔萃得多，登临高层，放眼江面，气象万千。但登临那天，非逢秋季，故感受不出"落霞与孤鹜齐飞，秋水共长天一色"的诗境，倒是江水混浊，与蔚蓝长空成为两色，亦别有一番风味。

随着中国大陆的改革开放步伐，坐落在赣江边的滕王阁游客如织,进入主阁大门的两级高耸平台,给人有烘托与营造雄伟气氛的感觉。

由地面拾级而上是第一级高台,高台由钢筋混凝土为筑体,踏步由花岗石打凿而成,两侧墙面外贴青石,南面两翼有绿瓦红柱长廊。长廊北端为四角重檐"挹翠亭",南端为"压江亭",两亭相距约一百三十米,颇有园林古意。

从第一级高台往上登临,即达第二级高台。高台的墙体与地坪,均为花岗石。四周花岗石栏,古朴厚重,悉仿宋代式样打造而成,素雅的色泽与主阁的瑰丽,成鲜明对比。

高台上第一层入阁正门檐下,挂有名书法家怀素狂草"瑰伟绝特"九龙匾,这四字草书,狂飞奔放,非经指点,甚难辨认,但笔画刚劲匀称,有一股龙飞凤舞之势。门前两旁红柱各有一副不锈钢拱联:"落霞与孤鹜齐飞,秋水共长天一色",取王勃名句,由毛泽东手书。

进入主阁大厅,映入眼帘的是一幅汉白玉浮雕"时来风送滕王阁",是根据明朝冯梦龙《醒世恒言》中的《马当神风送滕王阁》的故事创作而成。

第二层正厅墙壁上,是大型丙烯壁画《人杰图》,生动描绘了历代江西英雄豪杰与文人雅士,依其年龄、角色与个性创作,栩栩如生,展现了江西人文荟萃特质。

第三层正厅屏壁有《临川梦》壁画,取材自汤显祖在滕王阁排演《牡丹亭》的故事。第四层为《地灵图》,目的在与第二层的《人杰图》遥相呼应,把江西钟灵毓秀的山川景色,通过画家的笔端带出。第五层正厅正中屏壁,镶置王勃《滕王阁序》碑,是苏东坡手书,经工匠镌刻而成。第六层是登临的最高处,西厅是一个小型古戏台,我们登阁的那天,正上演豫剧,观众虽然不多,演员却卖力演出,名阁看戏,别有一番情调。

现在滕王阁阁楼之高是历代之最，内置电梯，一般人均由底层逐楼而上，至最上层后再乘电梯而下。但那天我们不仅拾级而上，而且沿阶而下，目的无非想在阁中多一点流连与记忆罢了。

前来游阁的人，来自四面八方，有从台湾远道而来，有来自东南亚的南洋华侨，亦有蓝眼金发的西洋人士，当然更有来自大陆涵盖大江南北的各省族群，与他们擦身而过，总听到南腔北调的谈笑，不论懂与不懂，都能感受到他们登阁的兴奋情绪。

常到大陆的人都知道，大陆旅游景点最大的缺点是脏与乱，像南昌滕王阁这样声名在外，游客如织的旅游点，能维持一定干净水平的并不多见。

大陆古迹景点的另一大缺点是，旅游当局为广招游客，刻意将历史古迹做刻意整修与装扮，用心虽然良苦，却往往弄巧成拙，把原本庄严古朴的建筑，弄得俗不可耐，成为不中不西，不古不今的怪物。今天的滕王阁就稍有这个缺点，好在有临江之美与文物之盛，否则真不知何以提振旅客游兴了。

虽然如此，有幸能登临历史名阁，目睹江山之美，内心已充满感动；何况又能一偿夙愿，与古人神游"秋水共长天一色"的境界，因缘如此殊胜，夫复何怨！

疏林碎石溪曲折
——清原满族自治县勘突纪实

到过中国东北辽宁省的人不少，但到过辽宁省清原县的人不多。

清原县位于辽宁省东部，距沈阳一百四十六公里，全境地势东南高，西北低，中部起伏不平，山地占全县面积的百分之八十二点七，故有"八山一水一分田"的俗谚。

清原县之所以特殊，不在于它的山多水杂，而在于它的历史渊源与人文景观。

截至目前，还有许多清原的老百姓，以清原县是清王朝的家乡自豪，以自己还流着满族的血液为荣。

事实上，清原确是满族聚集发迹的地方之一，现在该县人口中仍有一半以上是满族，所以政府把清原列为满族自治县。

虽然满族占清原县人口的大半，但行遍该县大小乡镇，却感觉不出满族的特殊人文与民族色彩。据该县干部说，数百年来，满族虽曾赢得了统治中国的政权，却输掉了民族文化的命脉。现在的满族已是汉化了的满族，说的是汉人的普通话，写的是汉人的文字，生活方式也是汉人的生活方式，全县近二十万满族人，都已和汉人没有两样了，只有在县人民政府办公大楼前的挂牌上，才看得到依附在汉字旁的满族文字。

除了满族与汉族外，清原县还有不少朝鲜族、回族和为数较少的蒙古族、锡伯族、壮族等，这是个多民族杂居的县份，但一致化了的生活方式，已经看不出多民族的色彩和风格来了。

山多，演化出清原县内复杂的水系。

浑河、清河、柴河与柳河四大水系均发源于该县。境内主、支流共一百零三条，总流长一百八十三公里。

其中浑河是清原县境内最大的河流，流长八十三公里，是大伙房水库最上游；清河，境内流长四十公里，是清河水库最上游；柴河，境内流长三十五公里，是柴河水库最上游；柳河，境内流长二十五公里，是吉林磨盘山水库最上游。

由于山多水杂，旱涝天灾频传，构成清原县人民生活上的最大威胁。一九九五年七月二十九日的一场倾盆大雨，大小河流泛滥成灾，大伙房水库紧急泄洪，使本已宣泄不及的浑河两岸遭受百年未遇的大灾难。

良田冲毁了，粮食颗粒无收。

民房倒塌了，人民暂无栖身之所。

面对即将来临的飒飒北风与天寒地冻，清原人民恐怕要忍饥挨冻，度过一个严酷的冬天。

不忍灾民受饥寒，不舍大地受毁伤，慈济人闻讯从台湾千里迢迢地赶来了，为的是要了解灾情；要了解我们能为受严重灾害的灾民做些什么，帮些什么？

由于有了这种赈灾的特殊因缘，让我们能有机会深入清原县的山边水隈，了解满族现存的最原汁原味的历史与文化，风土与民情。

古老的中国，到处都是古迹，也到处都可以说出一套源远流长的历史渊源与文化。清原县当然也不例外。

虽地处山区，虽属辽宁穷乡僻壤的小县，可是清原也有它一段辉煌的历史。这段历史可远溯到春秋战国，也可近溯明清两代。

从一九五〇年代开始，考古学家在清原县陆续挖掘出许多古文物，这些文物包括战国时期燕国的刀币、青铜短剑、青铜斧、青铜、青铜矛，还有时代更为久远的石镞、石剑、金元时期的铜镜、辽金时期的铁器、黑釉瓷罐与北宋时期的瓷器等，都代表着清原的丰富文化，也诉说着清原悠远而沧桑的历史。

当我们从新宾县进入清原县时，负责接待我们的清原县王副县长就给了我们对清原的第一印象：朴实与聪慧。

朴实是指全县的老百姓而言，聪慧是指清原的山水而说。

和新宾县一样，清原同属满族未入关以前的根据地，等到满族入关，一统中国，取衰弱的明朝而代之后，清王朝就把辽沈地区、辽河流域和吉林部分地区视为自己"祖宗肇迹兴王之所"，是清朝隆兴重地。

为了维护这个特殊地域，清王朝严禁汉人和其他民族入内，并修筑"柳条边"作区域标志。把"边里"和"边外"都划为禁区。

柳条边外，分布着清室多处围场，作为满族统治者习武打猎的场所。清原县从英额门至东北的色珠勒阿林，方圆五百二十余里地，就是当时的围场之一。

所谓柳条边，是用泥土堆成宽三尺、高三尺的堤。堤上每隔五尺插种柳条三株，再用绳子连结横条柳枝，即所谓插柳结绳。土堤外侧，挖掘深八尺、底宽五尺、上宽八尺的边壕。

这种挖沟为界，栽柳为志的柳条边，南起辽宁省丹东市大东沟西南，北上经凤城，折向东北，经新宾县旺清门、清原县英额门，再折向西北至开原县威远堡，然后折向西南到山海关，和长城相连，全长一千九百五十余华里。

一千九百五十华里，大约等于近一千公里，这样蜿蜒悠长的柳条边防，虽不及万里长城的雄壮，也代表了清王朝文治武功之盛了。

一六八二年，也就是清圣祖康熙二十一年的春天，康熙曾带着大队人马东巡柳边，并留下了《柳条边望月》诗：

> 雨过高天霁晚虹，关山迢递月明中，
> 春风寂寂吹杨柳，摇曳寒光度远空。

此时康熙皇帝昂扬得意之情,透过诗句,表露无遗。想想清王朝以少数民族之弱势,崛起于穷山恶水之间,而能南征北伐,一举攻入山海关,统治了中国的大好江山,在满族的历史上是空前,也是绝后,难怪康熙皇帝要带着一种愉悦的心情,在关山明月下,低吟"春风寂寂吹杨柳,摇曳寒光度远空"了。柳枝低垂,柳树横结丝丝相连铺向悠远的天边,此景此情,谁不踌躇志满,谁不礼赞大好江山?柳条边就这样成为清王朝威权的象征。

乾隆八年(一七四三年)七月奉皇太后之命,自避暑山庄启跸前往兴京(即赫图阿拉城,位新宾县境内)谒永陵,于九月十一日行围于英莪门(今英额门)外,当天驻跸乌苏河。乾隆皇帝有感而发,以《入英莪门》为题,抒发感怀:

霓旌摇曳晓曦明,故国人人喜气迎。
三月关山征辔远,而今屈指到兴京。
区分只用柳条边,堪作金汤巩万年。
不似秦皇关竟海,空留遗迹障幽燕。
山程野驿日侵寻,涧水瀍桑入眺临。
南去盛京知不远,凤凰楼阁五云深。

很显然,清王朝入主中原后,经百余年的励精图治,已稳固了政权,清朝皇帝回"老家"谒永陵的次数渐增,出入英莪门而有所怀的也不少。乾隆除了在一七四二年有《入英莪门》诗外,乾隆十九年(一七五四年)九月,又有《进英莪门》诗句。这两次谒陵的感怀诗中,对柳条边的功能与伟绩,都相当自豪。所以才会有"区分只用柳条边,堪作金汤巩万年。不似秦皇关竟海,空留遗迹障幽燕"的诗作,充分表现了自鸣得意的心态。

在第二次谒永陵，途经英莪门时，他又写道：

> 结绳列栅金城固，休养善守深意存。
> 入关树叶尚余绿，灵占地气心通神。

柳条边让清王朝觉得城固兵强，太平盛世的休养善守，放眼郁郁苍翠，乾隆皇帝当然更觉得地灵而心神了。

随着清王朝覆亡，昔日柳条边的风光不再，现在的清原县已经沦为辽宁省东边的山区穷县了。目前该县人口三十二万，满族占全县人口的百分之五十六点一八，近年来政府实施改革开放，致力经济发展，人民收入大幅提高，目前每人平均收入一千三百二十元人民币，比起西北或西南山区的县镇，已高了许多，但较辽宁的其他县份，还是相对显得贫穷。

一九九五年七月二十九日的一场百年未遇的洪涝，把贫穷的清原县冲击得更加清贫如洗。我们一行十一人于九月十七日，从新宾县城出发，沿着柔肠寸断的乡镇道路，直奔清原时，沿路所看，净是洪峰冲刷过的痕迹，河床改道，桥梁断毁，庄稼早随洪水流去，良田变成为石砾，房屋倒塌，断垣残瓦，一片凄凉景色，谁也没有想到，这曾经是风光一时的清王朝发迹之地。

东北的气温早晚变化很大，从清晨的摄氏五度到中午的摄氏二十二度，非亲历其境的人，难知其冷暖温差所带给人的不便。

远山仍然含笑，山峦仍然起伏，白云仍然在蔚蓝的天空飘荡，但洪涝与早霜已使清原百姓愁上眉梢。

清原县全县面积三千九百三十二点九六平方公里，四十二万亩耕地中，受洪涝波及者达六成以上，触目所及，带状石砾，错落在山谷间。当地干部说："在洪涝以前，这些都是良田，良田上都长满苍翠的作物。"

沧海桑田，如果不经他们的说明，我们还以为走在河床碎石间呢！

洪涝冲走了田里的土地，也冲走了农民的希望。山坡高地的作物，原以为已经躲过了洪患，想不到还是没有逃过提早到来的寒霜。

早霜冻僵了株株玉米的生命，让成片的作物枯萎黑死，使劫后余生的作物再减百分之五十的收成。

当地人对早霜带给农作物灾害的形容是：

> 宁死不屈的稻穗，昏迷不醒的高粱。
> 空前绝后的玉米，穿了皮夹的大豆。

所谓"宁死不屈的稻穗"，是说正在结穗的稻作，由于早霜的到来，稻穗无法结实，成了空穗，当然就不会曲头躬腰，"鞠躬尽瘁"，稻田内虽然金黄色彩依旧，但棵棵稻禾却显得宁死不屈，昂首挺胸的模样，让人不禁望田兴叹。

"昏迷不醒的高粱"是因为早霜寒冻，让正在结实的高粱从此结束成长，永远昏迷不醒，无法结成果实，当然就不能寄望有所收获了。

玉米与大豆是清原县的重要作物，原本可望"饱满成颗"的玉米，经严霜侵袭，变得先天虽足，后天失调，每颗玉米不是前头无实，就是后头无粒，所以说是"空前绝后"的玉米。至于大豆受早霜的影响，豆荚内空无一物或仅是干瘪芝麻大的豆粒，只见豆荚不见豆，成为"穿了皮夹的大豆"了。

东北农作一年一收，清原县也不例外，每年四月是各种作物的播种期，九月底是收获的季节。所谓秋收冬藏，农民期望的是秋收的来临，如果不是此次的洪涝，此时此刻正是"黄金遍地"，满山满谷，洋溢着秋收的欢乐，农民笑逐颜开的神情，男女老少忙进忙出的景象，那是多么美好的一幅"农家乐"图画。可惜清原县的农民，今年没有这项福分了。

再过几天，秋意更浓，杨柳的绿叶已经纷纷地飘零了，十月份过完，将是寒冬的来临，届时翠绿的树叶将飘零殆尽，白雪将覆盖整个大地，老百姓所最担心的寒冷的冬天就要肆虐了。想到这里，我们不禁要为受灾的农民担忧，不知道他们要如何度过今年的冬季。

车子紧贴着山壁，沿着溪谷蜿蜒而行，一路残破景象令人鼻酸，由于多处路基已被洪水冲毁，桥梁已被冲断，我们的车队在崎岖不平的路上颠簸而行，遇水涉水，遇山越山，走过了敖家堡，来到了南口前镇的海阳村。这是一个满族聚居的小村落，被列为此次洪涝的特重灾区之一，许多地方已是良田流失，屋倒人空了。

受灾的农民，有些投亲靠友去了，有些被安置在学校或其他公用场所内。我们到达海阳村已是下午六时许，天色灰暗，不容许我们做太多时间的停留，察看了灾情，我们就近访问了被安置在林场内的十二户灾民。

十二户灾民暂时居住在二十四间房里，每户两间住房，虽嫌拥挤，但有房可住，灾民已相当满意了。从灾民的口中，我们知道至少到年底前，所有灾民的温饱问题都不大，他们忧心的是来年有田无地的窘境，因为田里的土地流失了，剩下来的净是些成堆成垒的乱石，想重建家园，谈何容易！

从省到县市乡村，各级政府的赈灾工作相当积极，所有灾民都获得了各级政府发给的粮食与衣被，至少目前他们的温饱问题都获得了解决。让我们感动的是水患发生后邻近省份民众本着"人饥己饥，人溺己溺"的精神，捐献大批食品与衣物，解决了灾民的燃眉之急。每位灾民的穿着都是来自许多人的爱心。

翌日清晨，我们再度出发前往位于清原县北部的大孤家满族镇，土口子满族乡，并往南行，经斗虎屯镇到北三家满族乡。

清晨的清原县从宁静中苏醒了过来，天刚微明，早起的农民已工作了好一阵时间了，虽是山区小县，路上行人还是来去匆匆，三轮车在街道中穿梭，一如往常，大家开始为一天的生活而忙碌。

我们的车队早上七时三十分出发，今天的第一站是大孤家满族镇的兴隆台村。车子在重峦叠翠中疾驶，放眼所及还是残缺的道路与断桥，两旁的农作物已无一点生机。路是弯曲的，溪是迂回的，诚如清道光年间进士，也是清原县引以为豪的诗人王树滋的诗所描述的：

　　一带疏林碎石间，小溪曲折路弯还。
　　车窗高卷车厢稳，饱看烟螺十里山。

是的，如果没有这次百年未遇的大水患，如果它不是满目疮痍的重灾区，我们或许会有些许闲情逸致"饱看烟螺十里山"。可是，触目惊心的洪灾痕迹，柔肠寸断的残路断桥，让我们心情沉重；灾民泪眼迷惘的神情，让我们无心观赏美景天成的小县风光。

大孤家满族镇是清原县最北边的农业镇，也是"柳条边"从开原县经西丰县蜿蜒进入清原县的必经之地。一九七六年秋天，考古学家在大孤家镇兴隆台村挖掘出铜印一枚，印文为："定辽前卫后千户所百户印"，印背刻有"礼部造，洪武十年六月"，此印被断定为明朝地方官吏用的官印。可见兴隆台村也有它的悠远历史。

兴隆台村人口只有一千六百多人，百分之九十以上为农民，是自然形成的村落，俗称为"自然村"，有别于刻意规划的"行政村"。农作物以水稻、玉米与烟草为主。近几年来，由于烟草的价格走俏，不少农民将原种植水稻或玉米的良田，转栽烟草，使全村种植烟草的土地面积达到五百多亩。

车子经过兴隆村。灾后的村庄显得萧条，沙泥路面，车子疾驶过后，扬起漫天尘土，低矮的砖造草顶民房罗列两旁，部分小店铺开张着，但所卖物品种类与数量寥寥可数，大多以食品为主。蔬菜青果价格比城区稍高，青椒一斤人民币一元一角，就一般大陆城镇的物价水平来说显然偏高，据指出这是水害过后的短暂现象，但愿如此。

由于兴隆台村地处清河水系之中，附近有放牛沟水库，此次受灾严重，一方面固然是因为雨量特大，清河宣泄不及所致，但与放牛沟水库调洪功能丧失，也有密不可分的关系。

对于受灾惨重地区，各级政府采取了一些赈灾措施，但不患寡，只患不均；不在多，旨在及时；所以有些灾民对救济口粮未能及时到位，出现些不满言词与情绪。其实赈灾工作急如星火，也千头万绪，要做到人人满意，家家无怨，恐非易事。由于此村百分之九十都是以农业维生，良田已被冲毁，出外打工又困难重重，不少人赋闲在家，无所事事，如果不设法纾解，恐怕就会容易滋生事端，酿成社会问题，不可不有所戒惕。

村子虽小，村民的包容力却很大，兴隆台杂居了满、汉、回、朝鲜等各民族，大家彼此尊重，各过各的生活，都能相安无事，诚属不易。从进入村庄的那一刹那起，我们就感觉出，那是一个典型的中国山区小镇，沿路我们看见不少各类型餐馆，这些餐馆前面都挂着所谓的"幌子"。幌子的大小与形状大同小异，但色彩上则有红蓝之分，挂的数目也有多与少的不同。

幌子状如灯笼，有数条长约二尺左右的下垂布条，迎风飘扬，颇受注目。蓝色幌子代表穆斯林（回族）餐馆，红色则代表一般满汉餐馆，方便各种不同种族与信仰的人辨认。

所挂幌子的数目多少，也有它的作用。据开车的郭先生说：餐馆的大小，就看所挂的幌子的多少而定。只卖简便餐点的，挂一个；种类多一点的挂两个；如果挂四个的，就表示他的饭馆煎煮炒炸，样样都有。尽管颜色与所挂的数量有所差异，但引起注意的功能则是一样。

在我们停车处不远的地方，有一家挂着蓝色幌子的餐馆，经司机指点，我们当然清楚这是回族餐馆了。餐馆的老板约三十多岁，个子不高，皮肤黝黑，说话声音洪亮，身体相当结实。他谈起"水漫兴隆台"当天的情形时，仍然心有余悸，虽然他的餐馆地势较高，屋内并未被洪水波及，但地势较低的隔街民房，随着水位的不断上涨而慌成一团的样子，他记忆犹新，那是一场永难磨灭的梦魇。

问他餐馆的生意如何时，他叹了口气说："水灾以前，生意还可糊口，水灾之后，餐馆门可罗雀。受了这么大的水灾，谁有余钱上馆子呢！"

听完他的诉苦，我们只能拍拍他的肩膀安慰他几句后，又登上车子沿着清河朝东南疾驶，赶往土口子乡。

在清原县与土口子乡干部的带领下，我们勘察了被冲毁的朝鲜族小学。这所小学专供朝鲜族学童就读，朝鲜族在该乡显得人力单薄，能够有一所专属小学，已是难能可贵了。

据清原县王副县长说，土口子朝鲜族小学，去年才刚落成，没想到今年就遭水患，全校二十八间校舍房屋被冲毁了二十五间，剩下孤零零的三间教室象征着该处曾经是朝鲜族小孩子弦歌诵读的地方。

朝鲜族小学有学生六十七人，从一年级到七年级，由于教室已被冲毁，目前被安置在农机学校及生产队里上课。该校要恢复旧观，需经费近三十万元人民币，县与乡政府正为此事发愁。

离开了土口子乡朝鲜族小学，我们沿山傍河而行，一路颠簸涉水，来到了土口子乡治安村，该村有六百二十六户，二千一百人，情况和兴隆台村相差不多，也是处于清河水系，从该村略往东走，就进入吉林省的东丰县，对辽宁省来说，这是边陲县份。由于该村坐落在山谷之间，当山洪暴发，洪水挟带大量沙石滚滚而下时，房屋及农作物应声而倒，一条原来仅供排水的小水沟，遭强劲山洪冲刷，现在俨然成为一条大河溪，山洪威力之大，令人胆战心惊。

北三家乡位于浑河流域，我们的车子脱离清河水系，翻过一个山岭，进入了浑河水系，驶过了斗虎屯镇，直驱北三家乡。

吉林到沈阳的铁路，是辽宁省与吉林省间的重要干线，北三家乡是铁路经过的重要一站。据当地官员指出，一九九五年七月二十九日当天，当洪峰带着巨量沙石，排山倒海而下时，支撑铁路的桥墩像"摧枯拉朽"一样，顷刻间就被摧毁了，一辆从长春开往沈阳的火车被困当地，情况相当危急，幸好有关单位动员军警民兵，抢救得宜，把千余名乘客安全救出，这件事被新闻媒体广为报道，也被当地政府与民众所津津乐道。

从斗虎屯镇进入北三家乡，我们看到了铁路桥墩遭冲毁的惨况，也看到政府正动员大量人力进行抢修。我们访问了一位驻扎工地旁的抢修人员，他们从八月进驻北三家乡抢修铁路已一个月了，现在抢修工作已大致快完成了，检修工人都以能达成任务为荣。当他们知道我们远从台湾而来关怀灾情时，一方面非常好奇，一方面也表示非常感动。彼此虽分处两岸，生活方式与意识形态虽有不同，但同文同族的认知拉近彼此之间的距离，所以很快的，我们就无所不谈了。

从他们的言谈间，我们感受到每个人的任务心特别重，大家众口一致以能够为国家做出贡献自豪，这或许是社会主义国家的特色之一吧！这种情形，在台湾功利社会里已不多见。

北三家乡的人口并不多，人口形态仍然以满、汉、回、朝鲜族杂居，受灾农田积沙约有一尺厚，来春要播种，恐怕要花许多的人力与心力了。

在田间的小道上，我们遇到一位农民，询问之下我们知道他是朝鲜族人，一口接近北京腔调的普通话，半好奇、半保留地跟我们谈受灾的情形。他表示，口粮与衣被短时间内没有问题，但能否度过今年的冬天就很难说了。他说目前政府在粮食方面有所接济，灾民买粮食，可用指标米价格，也就是赈济粮价格，玉米每斤四毛钱左右，市场价要八毛多，对减轻灾民负担有很大帮助。

纯朴的民风，和善的笑容，亲切的言谈，勤劳的特性，乐天知命的达观，面对灾后重建的迷惘，我们对北三家乡留下深刻的印象。

回到清原镇已是下午三时左右，用过午餐后，与当地官员就赈灾问题交换意见。王副县长表示，该县境内一百多条支流河道全部泛滥，二百多个村屯被困，七十多个村屯被水淹没；损坏民房九千八百五十四户；其中冲走倒塌六千八百三十九户，损坏三千零一十五户，房屋及粮食、财产等直接经济损失达三亿一千万元人民币。农作物受灾面积三十三点七万亩，而在绝收面积中有八点五万亩农田地面流失。

目前该县抓紧的赈灾项目包括协助人民重整家园，供应粮食，捐助衣被与协助取得过冬的柴火。

简报的最后强调灾后："在党和国家的关怀下，县委县政府正组织全县三十五万人民抗灾自救，重建家园。"

结束了清原县的灾情考察，于晚上八时许返抵抚顺宾馆。在车行过程中，开车的郭师傅，为了赶路以时速超过一百一十公里，在灾后千疮百孔的道路上，猛冲疾驶，让我们冷汗直冒，虽不断提醒"安全为重"，但不知是习惯使然，还是因清原到抚顺有两百公里路程之遥，与天色已晚，让郭师傅有必须赶路，猛踩油门的压力，一路险象环生，还好有惊无险，平安到达抚顺真要谢天谢地，感谢菩萨保佑了。

清原满族自治县的勘灾总算告一段落了，但往后的赈灾工作才刚开始。如何针对他们的需要进行赈济，恐怕要用智慧与慈悲，有计划、有步骤地进行，车子在疾驶，心里也不断地在盘算，毕竟勘灾的目的是为赈灾做准备啊！

图书在版编目(CIP)数据

生命的承诺/王端正著. —上海:复旦大学出版社,2015.9(2017.8 重印)
ISBN 978-7-309-11276-4

Ⅰ.生… Ⅱ.王… Ⅲ.随笔-作品集-中国-当代 Ⅳ.I267.1

中国版本图书馆 CIP 数据核字(2015)第 053228 号

生命的承诺
王端正 著
责任编辑/邵 丹

复旦大学出版社有限公司出版发行
上海市国权路 579 号 邮编:200433
网址:fupnet@fudanpress.com http://www.fudanpress.com
门市零售:86-21-65642857 团体订购:86-21-65118853
外埠邮购:86-21-65109143 出版部电话:86-21-65642845
浙江新华数码印务有限公司

开本 890×1240 1/32 印张 7.625 字数 181 千
2017 年 8 月第 1 版第 2 次印刷
印数 3 101—5 200

ISBN 978-7-309-11276-4/I·892
定价:35.00 元

如有印装质量问题,请向复旦大学出版社有限公司出版部调换。
版权所有 侵权必究